चुल्लू भर कहानी

(कहानी-संग्रह)

चुल्लू भर कहानी

अभय मिश्र-पंकज रामेंदु

हिन्द युग्म

ISBN : 978-81-953061-8-3

प्रकाशक:
हिंद युग्म
सी-31, सेक्टर-20, नोएडा (उ.प्र.)-201301
फ़ोन- +91-120-4374046

मुद्रक : नुटेक प्रिंट सर्विसेस इंडिया, फ़रीदाबाद
आवरण : मृदुता शर्मा

पहला संस्करण : 2021
मूल्य : ₹150

Chullu Bhar Kahani
A collection of short stories by *Abhay Mishra* and *Pankaj Ramendu*

Published By
Hind Yugm
C-31, Sector-20, Noida (UP)-201301
Phone : +91-120-4374046
Email : sampadak@hindyugm.com
Website : www.hindyugm.com

First Edition: 2021
Price : ₹150

मातृ सदन के साधुओं को,
जो गंगा के लिए
अपने प्राण न्योछावर करने को तैयार रहते हैं।
और अतुल्य गंगा टीम को,
जिन्होंने गंगा मुंडमाल परिक्रमा को पुनर्स्थापित किया।

आभार

नदी पथ पर बसने वाले कई चेहरों का,
जो कहानियों का हिस्सा बन हमसे एकाकार हो गए।

परिवार और दोस्तों का,
क्योंकि क़िस्सागोई तो उनके बीच बैठकर ही हो सकती है।

मृदुता शर्मा का,
हमारी भावनाओं को आवरण पर उकेरने के लिए।

हिंद युग्म का, इन कहानियों को आप तक पहुँचाने के लिए।

क्रम

और नदी ठहर गई

अयाज़ के दोनों पैर पैडल पर तेज़ी से चल रहे थे। जिस गति से उसके पंजे ऊपर-नीचे हो रहे थे, उतने ही सधे हाथों से वो गोल चरखे को घुमा रहा था। उसका दूसरा हाथ सूइयों के साथ चल रहे कपड़े को दिशा दे रहा था। रेशम का वह कपड़ा उसकी जाँघ से होता हुआ दूसरी ओर लुढ़क रहा था। अभी भी काफ़ी कपड़ा बचा था। बीच-बीच में वो मुँह उठाकर घड़ी की तरफ़ देख लेता, जिसे देखकर उसकी गति और तेज़ हो जाती।

"अयाज़ भाई!" एक कोमल आवाज़ ने उसका ध्यान खींचा। उसने गर्दन ऊपर की, मुस्कुराया और फिर गर्दन नीचे करते हुए बोला, "आरती के बाद।"

"पर अभी तो बीस मिनट बाक़ी है!"

"कहा न, आरती के बाद।"

"ठीक है... एक घंटे बाद आती हूँ।"

दोनों ही एक-दूसरे की आवाज़ और उसमें छिपा भाव पहचानते थे। रिश्ता ही इतना पुराना था। भारती को यह अच्छी तरह पता था कि वह भले ही बद्रीनाथ के धर्माधिकारी की बेटी हो, लेकिन इस समय तो ख़ुद उसके पिताजी भी अयाज़ से काम नहीं करा सकते।

वैसे तो उसकी स्कूल की यूनिफ़ॉर्म से लेकर दीवाली और प्रथम आरती में पहने जाने वाली लंहगा-चोली तक सब कुछ अयाज़ ने ही सिला था। जब नीचे श्रीनगर विश्वविद्यालय में पढ़ने गई तब भी अयाज़ ने कई सुंदर सूट सिल दिए थे। वह हर हफ़्ते-पंद्रह दिन में यहाँ आ जाती और अयाज़ हर बार उसके लिए कुछ-ना-कुछ नया बनाकर रखता। लेकिन अब वह थोड़ा ज़्यादा दूर जा रही थी। उसका जेएनयू, दिल्ली में एमफ़िल के लिए एडमिशन हो गया

था और जाने से पहले भारती ने अयाज़ से वादा लिया था कि वो उसके लिए कुछ अच्छे सलवार-सूट सिल देगा। साथ ही यह भी वादा लिया था कि वह बैकलेस सूट भी बना देगा और माँ को नहीं बताएगा।

अयाज़ समय का पाबंद था। आरती के वक़्त उसका मंदिर में पहुँचना और आरती में शामिल होना पीढ़ियों का नियम था।

वैसे भी बद्रीनाथ तो तब से मौजूद हैं जब से शायद धर्म भी अस्तित्व में नहीं आया था। पहले सिर्फ़ बद्री विशाल थे, फिर उनके इर्द-गिर्द ही समाज ने आकार लिया।

काम में जुटे हुए अयाज़ के इस नियम से पूरा बद्रीनाथ, यहाँ तक कि नीचे जोशीमठ से लेकर श्रीनगर तक सब वाक़िफ़ थे। इस नियम का पालन करने वाला वह अकेला नहीं था, ऐसे कई लोग और भी थे। कुल मिलाकर क़स्बे का नियम ही बन गया था कि उस समय लोग सामान्य तौर पर बाज़ार जाते ही नहीं थे।

भारती वैसे तो ये जानती थी लेकिन उसे लगा, अयाज़ भाई कपड़े तो रख ही लेंगे। लेकिन अयाज़ अपने काम को शिद्दत से लेता था, उसके लिए सिलाई का काम भी बद्रीनाथ का ही आशीर्वाद था जो उसके पूर्वजों को प्रसाद के रूप में मिला था। बद्रीनाथ में उसके परिवार की ख़ासी इज़्ज़त थी। मुख्य बाज़ार की अपनी छोटी-सी दुकान में अयाज़ या उसके पिताजी ने कभी लालच को घुसने नहीं दिया। इसी का नतीजा था कि सब उसके पास ही कपड़े सिलवाने आते थे। महिलाओं को तो उससे ख़ासा लगाव था। एक तो वो उनके मनमाफ़िक़ कपड़े सिल देता था, दूसरी बात ये भी थी कि औरतों को मालूम चल जाता है कि उन्हें किस नीयत से छुआ गया है। अयाज़ भाई ही ऐसे थे जिनकी छुअन में उन्हें एक अपनापन लगता था। ऐसा लगता था जैसे कोई घर का बड़ा है, जिसमें मासूमियत है।

पिछले हफ़्ते ही भारती की माँ, जिन्हें अयाज़ भाभी कहकर बुलाता था, उन्होंने अयाज़ को भारती के कपड़े देने के लिए घर पर बुलाया था। भाभी को वैसे तो भारती को 'जेनू' (अयाज़ दिल्ली के सबसे नामी-गिरामी विश्वविद्यालय का यही नाम समझ पाया था) भेजने पर सख़्त आपत्ति थी, उनका मानना था कि बद्रीनाथ के धर्माधिकारी की बेटी है, उसे क्या ज़रूरत है

दिल्ली जाकर पढ़ने की। लेकिन बच्चों के आगे किसी का ज़ोर कहाँ चला है, जो उनका चलता। तो मन मारकर उन्हें हाँ कहना पड़ा, उस पर वो धर्माधिकारी जी की लाडली भी तो थी। उस दिन भी वो उसी उहापोह में थी, लेकिन फिर भी उनके चौके की चौखट पर चाय पीते-पीते अयाज़ ने उन्हें यही कहा कि वो नाहक़ ही परेशान हो रही हैं, ये कहते हुए अयाज़ ने आरती की चंद लाइनें दोहरा दी-

यह बद्रीनाथ पंच रत्न
पठन पाप विनाशनम्।
नरनारायण तप निरत
श्री बद्रीनाथ विश्वम्भरम्।।

फिर बोला, "घबराने की कोई बात ना है।" जब उसने ऐसा बोला तो एक पल को तो भारती की माँ को भी जैसे बड़ी राहत मिली। अयाज़ ने उन्हें उस वक़्त ऐसी सांत्वना दी थी जब उन्हें इसकी सबसे ज़्यादा दरकार थी।

हमारी ज़िंदगी में सारा खेल टाइमिंग का ही तो है। हीरो भी हमें वही भाता है, जो तब खलनायक को पीटता है, जब हमारा मन कर रहा होता है। अक्सर जब हम परेशान होते हैं तो कोई क़रीबी हमारे मन की बात बोल दे, बस इतने में हमारा आत्मविश्वास ख़ुद-ब-ख़ुद बढ़ जाता है। भगवान के सामने प्रार्थना करने से भी तो यही होता है, हमारे भीतर की ऊर्जा, आत्मविश्वास जाग जाता है। शायद ही कभी किसी को टीवी सीरियल्स की तरह आशीर्वाद देते हुए भगवान मिले हों, लेकिन फिर भी भगवान का मंदिर ख़ासतौर पर बद्रीनाथ विशाल जैसी जगह इसलिए महान हो जाती है क्योंकि उस मंदिर के अंदर कई लोगों की प्रार्थनाएँ और दुआएँ तैर रही होती हैं। अक्सर ख़ामोशी के साथ हम भगवान से बातें कर लेते हैं और मन का ग़ुबार निकल जाता है। हमें ऐसा लगता है कि कोई है जो हमारे दर्द को समझता है, हमारे मन की बात जानता है, बस यही बात हमारे आत्मविश्वास को दोगुना कर जाती है। उस वक़्त बद्रीनाथ जी की आरती की पंक्तियाँ सुनकर भारती की माँ के मन में भी कुछ ऐसा ही भाव जगा था।

अयाज़ के हाथ अभी भी मशीन पर चल रहे थे। उसने गर्दन उठाकर फिर एक नज़र घड़ी पर डाली और काम को वहीं छोड़कर उठ खड़ा हुआ। उसने दुकान के शटर को आधा गिराया और बाहर निकल गया। शटर का थोड़ा-सा नीचे होना इस बात का संकेत है कि 'बाद में आना।'

दुकान से निकलते ही उसकी नज़रें पड़ोस में कपड़े की दुकान पर बैठे नौटियाल जी से मिलीं। दोनों ने एक-दूसरे को आँखों-ही-आँखों में नमस्कार किया, वे दिन में तीन-चार बार एक-दूसरे से मिल ही लेते थे। नौटियाल जी का परिवार भी कई पीढ़ियों से यहाँ रह रहा था। ये वे लोग थे जिन्होंने बद्रीनाथ को बदलते हुए देखा था। नौटियाल जी की कपड़ों की दुकान से लगी हुई एक किराने की दुकान भी है, जिसके बाहर रंग-बिरंगी प्लास्टिक की थैलियों में रखे चिप्स-कुरकुरे इस बात की गवाही देते हैं कि बद्रीनाथ वो तीर्थ स्थल नहीं रह गया है, जहाँ लोग महीनों लगाकर पहुँचते थे। अब तो गाड़ी में बैठो और एक दिन में दिल्ली से बद्रीनाथ। नौटियाल जी के ही बग़ल में मौजूद होटल जो कभी अपनी साग और रोटी के लिए जाना जाता था, उसके यहाँ भी अब मेन्यू कार्ड बन गया है और खाने में दिल्ली वाली तमाम तरह की पनीर की सब्ज़ियाँ मिलती हैं। अब तो बद्रीनाथ में दुकानों और रेस्टोरेंट का अंबार है। लेकिन किसी भी होटल में पहाड़ी खाना नहीं मिलता, सब जगह वही पनीर, वही परांठे।

नौटियाल और अयाज़ के घर से जब भी खाना आता है तो दोनों एक-दूसरे को खाने के लिए बुला लेते थे। उनके घर में आज भी पुराने खाने की थोड़ी बहुत महक बाक़ी थी। ख़ासकर सर्दियों के मौसम में मक्खन वाली चाय और सत्तू की चाय तो उनका पसंदीदा पेय थे, जिन्हें बाहर से आने वाला तो हज़म भी नहीं कर पाता। वैसे अब तो ये आलम बद्रीनाथ में रहने वालों का भी हो गया था। उनके घरों के खाने से भी मोटा अनाज धीरे-धीरे लुप्त हो रहा था और वही सब शहरी चीज़ें पैर पसार रही थीं। वैसे यहाँ मिलने वाली तुलसी की लोकप्रियता अभी कम नहीं हुई है। तुलसी बद्रीनाथ के प्रसाद में शामिल है इसलिए चाय में और खाने में, ख़ासकर खिचड़ी में उसका ख़ूब इस्तेमाल होता है।

अयाज़ बाहर निकला और दुकान के दूसरी तरफ़ रोड पर लगे हुए नल के पास गया, जो लगातार चल रहा था। क्योंकि नल की टोंटी ठीक कराने का किसी को वक़्त नहीं था और फिर बद्रीनाथ वासियों को लगता था कि ये तो अलकनंदा का पानी है और वापस उसी में मिल रहा है। बात भी सही है, यहाँ नलों में पानी आता ही रहता है, पानी के लिए कोई मोटर लगाने की ज़रूरत नहीं होती। कई जगह तो लोग बस पहाड़ में छेद करके पाइप डाल देते हैं और पानी निकलता रहता है।

उसने जल्दी से हाथ धोए और कुछ बूँदों को चेहरे पर मारा। चेहरे पर अलकनंदा का पानी पड़ते ही ताज़गी आ गई। अलकनंदा का पानी यहाँ बर्फ़ीला है लेकिन जब वो चेहरे पर पड़ता है तो ठंडक से ज़्यादा ताज़गी दे जाता है। उसने दोनों हाथों से चेहरे को पोछा और हाथों को झटककर मानस भवन वाली गली से होता हुआ मंदिर की ओर बढ़ गया।

चारों तरफ़ सजी दुकानों में चहल-पहल बढ़ी हुई थी। वो मंदिर की तरफ़ जाने वाली ढलान पर था। दोनों तरफ़ प्रसाद और पूजा सामग्री की दुकानें लगी हुई थीं। मंदिर के ठीक पहले बने पुल के नीचे अलकनंदा तेज़ आवाज़ के साथ बह रही थी। पुल पर भीड़ थी, कई लोग वहीं खड़े हुए सेल्फ़ी लेने की कोशिश में थे ताकि उनकी फ़ोटो में बद्री विशाल का मंदिर आ जाए। भिखारियों की पूरी एक जमात रेलिंग के अंदर बैठी हुई थी। कई लोग इन्हें खाना बाँट रहे थे। इनमें भगवा पहने हुए कुछ साधुनुमा लोग भी थे, जिन्हें भिखारी या फिर साधु किस श्रेणी में रखा जाए, ये बता पाना मुश्किल था। चढ़ावे के लिए छीना-झपटी हो रही थी।

अयाज़ के लिए ये नई बात नहीं थी। वो इन्हें देखने का आदि था। बल्कि वहाँ बैठे कई साधुओं के लिए अयाज़ का आना ज़रूर थोड़ा अचंभे की बात हो सकती थी, लेकिन वे ऐसे साधू थे जिनका डेरा यहाँ नया था। पुराने तो अयाज़ को यहाँ देखने के अभ्यस्त थे।

अयाज़ पुल पर चढ़ गया। वहाँ भीड़ तो थी लेकिन चलने में कोई परेशानी नहीं थी क्योंकि आरती के समय कम ही लोग मंदिर से बाहर आते हैं। वो जैसे-जैसे मंदिर की ओर बढ़ता जा रहा था, आरती के पहले बजने वाले मशीनी घंटों की आवाज़ तेज़ होती जा रही थी। तभी उसकी नज़र अलकनंदा से सटी

दीवार पर बैठे मोहसिन पर पड़ी। वह अपने दोस्तों के साथ था, लेकिन रोज़ की तरह लड़कों की खीखी-खाखा नहीं सुनाई दे रही थी। अयाज़ ने मोहसिन को आरती में चलने का इशारा किया। मोहसिन ने ना में गर्दन हिलाई और मंदिर की ओर मुँह करके हाथ जोड़ लिए। ऐसा अक्सर होता कि मोहसिंन अपने अब्बू की बात टाल देता, लेकिन कभी-कभी चला भी जाता। सब कुछ इस पर निर्भर करता था कि उस दिन उसका क्रिकेट मैच कैसा हुआ। अयाज़ तेज़ क़दमों से आगे बढ़ गया। उसे लड़कों का यूँ शांत बैठना कुछ अच्छा नहीं लगा। वैसे भी भले ही हम बच्चों को कितना ही शांत रहने को कहें, लेकिन सही बात यही है कि उनका शांत रहना हमें भी नहीं भाता है।

मंदिर की सीढ़ियों पर गहमा-गहमी थी। अयाज़ एसडीएम साहब के ऑफ़िस की तरफ़ से मंदिर की सीढ़ियाँ चढ़ने लगा। यहाँ रहने वाले लोगों को मुख्य रास्ते के अलावा दूसरे रास्ते भी पता होते ही हैं। मंदिर में बने ध्यान केंद्र के ठीक बग़ल वाले दरवाज़े से स्थानीय लोग अंदर जा रहे थे। अयाज़ जैसे ही दरवाज़े की ओर बढ़ा, वहाँ खड़े गार्ड ने एकदम सामने आकर उसके सीने पर हाथ रख दिया। अयाज़ मुस्कुराया और नेमीचंद को आँखों से अभिवादन कर फिर अंदर जाने लगा। लेकिन नेमीचंद शायद आज नमस्ते करने-कराने के मूड में नहीं था। भले ही तीन साल पहले जब वो यहाँ पोस्टेड हुआ था, तब से उसने अयाज़ को उसी दिन नहीं देखा था जिस दिन वो ख़ुद ड्यूटी पर नहीं आया हो।

अयाज़ असमंजस में था। वह समझ नहीं पा रहा था कि क्या हो रहा है। आरती का वक़्त निकला जा रहा था और नेमीचंद आज अजीब-सा बर्ताव करने पर तुला हुआ था। उसने एक बार फिर नेमीचंद को अतिरिक्त प्रोटोकाल देते हुए नमस्कार किया और आगे बढ़ने की कोशिश की लेकिन आज नेमीचंद किसी और मूड में था। उसने नेमीचंद से जानने की कोशिश की आख़िर बात क्या हो गई, कहीं छोटे अंबानी पूजा के लिए तो नहीं आए हुए हैं!

नेमीचंद का जवाब सुन अयाज़ को अपने कानों पर विश्वास ही नहीं हुआ। उसने दोबारा नेमीचंद से पूछा कि आख़िर उसे होश भी है कि वो क्या कह रहा है? लेकिन नेमीचंद अपनी बात पर अडिग था। उसका कहना था कि अयाज़ को अंदर जाने की इजाज़त नहीं है। अयाज़ को कुछ पल्ले ही नहीं

पड़ रहा था। अंबानी हो या मुख्यमंत्री किसी के भी आगमन पर आज तक उसका रास्ता नहीं रोका गया था। उसे समझ ही नहीं आ रहा था कि किस तरह प्रतिक्रिया दे। वो बस बार-बार ये समझने की कोशिश कर रहा था कि आख़िर हुआ क्या था। उसकी हालत उस बच्चे की तरह थी जिसे बिना बताए सज़ा दे दी गई हो। और वह बच्चा ये जानना चाह रहा हो कि सज़ा तो ठीक है लेकिन वजह क्या है ?

अयाज़ को अभी भी यही लग रहा था कि ये सब सच में नहीं हो रहा था। एक बार उसने फिर नेमीचंद को ये जताने की कोशिश की कि वो क्या उसे पहचान नहीं पा रहा था। लेकिन जब नेमीचंद टस से मस नहीं हुआ तो अयाज़ ने उसे धर्माधिकारी का नाम लेकर डराना चाहा।

"धर्माधिकारी जी का ही आदेश है कि आपको अंदर नहीं जाने देना है।" नेमीचंद का यह जवाब अयाज़ पर बिजली की तरह टूटा।

अब उसके पास कुछ कहने को बचा नहीं था। उसका मुँह लटक गया। वो लोहे की जिन सीढ़ियों के ज़रिये शॉर्टकट लेकर अक्सर बद्रीनाथ से सीधे मिलने चला जाता था, वही सीढ़ियाँ उसे पहाड़ से भी ऊँची लग रही थीं। वो पलटा और नीचे उतरने के लिए क़दम बढ़ाया। तभी जो कुछ बचा हुआ था, पीछे से आई नेमीचंद की आवाज़ ने उसे भी तोड़ दिया।

"अयाज़ भाई, आपके पास अपनी भी जगहें हैं पूजा के लिए, वहाँ चले जाया करिए।"

ऐसा नहीं है कि अयाज़ ने इस तरह की बातें पहले नहीं सुनी थीं। ग़ैरों से कम, उसने तो ये ताने अपनों से ही ज़्यादा सुने थे। वो अक्सर इन बातों को सुनता और झाड़ देता। उसके लिए बद्रीनाथ कोई पूजा या आस्था का विषय नहीं थे। ऐसा भी नहीं था कि अयाज़ ने नमाज़ पढ़ना छोड़ा हो। लेकिन बद्रीनाथ से उसका रिश्ता तो एक रूहानी रिश्ता था, जो पीढ़ियों से जुड़ा हुआ था। नेमीचंद की बात सुनकर उसे ग़ुस्सा नहीं आया, बस उसका मन अभी तक इस बात पर भरोसा नहीं कर पा रहा था कि धर्माधिकारी जी ने ऐसा किया। जिसके घर से सदियों से चाय का रिश्ता जुड़ा रहा हो, उसके यहाँ एकदम से अंजान वाली भावना दुखी ही नहीं करती, तोड़ भी देती है।

उसकी आँखों में आँसू भर आए। उसके लिए एक-एक क़दम उठा पाना भारी हो रहा था। लग रहा था मानो भीड़ में मौजूद हर नज़र उसे ही घूर रही हो, वो सारी नज़रें अब धीरे-धीरे उसका पीछा कर रही हों। वो भाग रहा है, ख़ुद को भीड़ में छिपा रहा है, उन नज़रों में दो आँखें और थीं जो उसकी ख़ुद की थीं। वो अपनी आँखों से भी बच रहा था। उसे ऐसा लग रहा था जैसे उसकी आँखें उस पर हँस रही थीं, और वो बस बचने की कोशिश कर रहा था। पीछा करतीं आँखें उसके पूरे शरीर पर चिपक गईं। वो अपने शरीर से उन आँखों को खींचने की कोशिश कर रहा था लेकिन भीड़ उसकी तरफ़ बढ़ती ही जा रही थी। लोगों के चेहरों पर अब उसे आँखें नज़र नहीं आ रही थीं, वहाँ से आँखें ग़ायब थीं और उसके शरीर पर चिपक गईं। वो घबराकर पलटा। उसकी नज़र बद्री विशाल के मंदिर पर गई। उसको लगा मंदिर का गुंबद हिल रहा हो। वो तेज़ी से पलटा और आगे बढ़ने लगा। उसकी चाल तेज़ होती जा रही थी। अब धीरे-धीरे उसने दौड़ना शुरू कर दिया। पुल पर ऐसा लगा मानो अलकानंदा उसे रोकना चाहती हो, लेकिन उसके पानी में बहाव तेज़ हो गया हो। अयाज़ की आँखों से झरते आँसुओं ने अलकानंदा के बहाव को तेज़ कर दिया था। पुल पर चलते हुए कुछ परिचित आवाज़ें उसके कानों में पहुँच रही थीं लेकिन वो उसके दिमाग़ तक नहीं जा पा रही थीं। वो सारी आवाज़ों को धकेलता हुआ आगे बढ़ता जा रहा था। आज ये जगह एकाएक पराई लगने लगी थी। वह बस जल्द-से-जल्द वहाँ से निकल जाना चाहता था। हम किसी इमारत को बनाने में कितना वक़्त लगाते हैं, लेकिन जब वो ढहती है तो पल भर भी नहीं लगता है।

मोहसिन और उसके दोस्त अब भी दीवार पर ही बैठे हुए थे। मोहसिन के लिए इस वक़्त अपने अब्बू को यहाँ देखना किसी आश्चर्य से कम नहीं था। उसने जबसे होश सँभाला था और जबसे वो इस प्रांगण में खेलने लगा था, ऐसा कभी नहीं हुआ कि इस वक़्त अब्बू को पुल पर देखा हो। चाहे कुछ भी हो जाए इस वक़्त उसके अब्बू मंदिर के अंदर ही होते थे। लेकिन आज अब्बू बाहर थे, उन्हें देखकर ऐसा लगा जैसे वो उसके अब्बू ना होकर कोई और हो। कच्ची उम्र का वह बच्चा घबरा गया। मंदिर के अंदर कोई अयाज़ की बेइज़्ज़ती कर दे, ऐसा तो उसके ज़ेहन में आ ही नहीं सकता था।

मोहसिन दीवार से उतरने को हुआ, लेकिन अब्बू उसके लिए रुके नहीं। वह आरती के बाद अब्बू के साथ ही दुकान जाता था और वहाँ से घर। लेकिन आज अब्बू उसे छोड़कर निकल गए। लंबे समय से चली आ रही प्रक्रिया एक नियम-सी बन जाती है और हम उसे वैसा ही देखने के आदि हो जाते हैं। उस प्रक्रिया में सूई बराबर की तब्दीली भी हमें साफ़ नज़र आती है। और ये तब्दीली तो बहुत बड़ी थी।

उन दोनों के पीछे बद्री विशाल का ऊँचा गुंबद भी था जो उन्हें भी देख रहा था, अपने ऊपर के पहाड़ों को भी देख रहा था और वहाँ की हवाओं में मौजूद इतिहास को भी देख रहा था।

हर कोई अपने हिसाब से बस देख रहा था और देख-रेख में ही भगवान बद्रीनाथ की आरती फ़िज़ाओं में गूँज रही थी। माहौल में भक्ति पसर रही थी। भक्तों की भक्ति, शक्ति की भक्ति, हर तरह की भक्ति, हर तरफ़ फैल रही थी।

रुख़सार, नौटियाल भाभी के यहाँ बैठी हुई थी। जब उसे लगा काफ़ी देर हो गई तो वो अपने घर पहुँची और जैसे ही दरवाज़ा खोला, एकदम से चौंक गई। उसके पूरे शरीर में सिहरन-सी दौड़ गई। सामने पलंग पर अयाज़ अपनी कोहनी से अपने माथे और आँखों को ढके अँधेरे में लेटा था। रुख़सार को लगा कि सुबह तक तो भले-चंगे थे, अचानक क्या हो गया! वो धीरे से उसके पास पहुँची। इतनी देर में उसके दिमाग़ ने तमाम तरह की बातों को सोच लिया। धीरे से हाथ उसके माथे पर रखा। माथा तप रहा था लेकिन बाक़ी का शरीर ठंडा पड़ा हुआ था। उसे कुछ भी समझ नहीं आया। उसने अयाज़ को हिलाकर उठाने की कोशिश की। अयाज़ ने कोई प्रतिक्रिया नहीं दी और दूसरी तरफ़ करवट ले ली। जब आप किसी से कुछ जानना चाह रहे हों और वो बताने को राज़ी न हो, तो उसकी चुप्पी एक अजीब तरह की बेचैनी पैदा कर देती है। चुप्पी हमेशा से समझौते का रास्ता और समस्याओं की जड़ रही है। कभी ख़ुद चुप हो जाना, कभी चुप कर दिया जाना। जब तक संवाद जारी रहता है तब तक रास्ता भी खुला रहता है।

मोहसिन भी घर लौट आया। काफ़ी देर हो गई अयाज़ ने एक शब्द भी नहीं बोला। उसकी आँखों के कोर से बहते आँसू, जिसने एक तरफ़ से रिसते

हुए उसके बालों और तकिये को भिगो दिया था, वही उसके होने की तस्दीक़ कर रहे थे।

तक़रीबन साढ़े नौ बजे किसी ने कुंडी खड़काई। दरवाज़े पर धीरेंद्र नौटियाल खड़े थे। रुख़सार ने उन्हें देखकर अंदर आने के लिए कहा। नौटियाल ने दरवाज़े पर खड़े-खड़े ही अंदर झाँकते हुए रुख़सार से पूछा, "ऐसा क्या हो गया कि आज जनाब दुकान को बिना ताला दिए आ गए? वो तो मैं दुकान बंद कर रहा था तब मेरी नज़र पड़ी। दुकान खुली थी, कई बार फ़ोन भी किया, लेकिन बंद बता रहा था। चिंता हो गई, फिर दुकान पर ताला लगाया और आ गया। अच्छा हुआ कि मैं वहाँ पर था। वैसे तो इसकी दुकान से कोई क्या ही ले जाएगा, एक अदद मशीन है जो इतनी पुरानी हो गई है कि एंटीक में जाएगी और अपने हुनर को ये अपने जेब में लिए घूमता है।"

नौटियाल जी अपनी ही रौ में थे, "सच बताऊँ तो इसकी वजह से ही मैंने कपड़े की दुकान खोल रखी है, इसी बहाने लगे-लगे मैं भी दो पैसे बना लेता हूँ।"

नौटियाल जी को पता ही नहीं था कि क्या हुआ था, ना ही बाज़ार में ऐसी कोई चर्चा थी। और शायद जो कुछ हुआ था उसके बारे में कोई सोच भी नहीं सकता था। या यूँ कह लीजिए कि पहाड़ों पर ठंड पड़ती है इसलिए अफ़वाहों का बाज़ार गर्म नहीं हो पाता है और ख़बरें थोड़ी देर से फैलती हैं। इसी बीच में उन्होंने ये भी बता दिया कि भारती भी तीन बार दुकान के चक्कर लगा गई।

"कुछ नहीं शायद बुख़ार के कारण... आप बैठिए, चाय बनाती हूँ।" रुख़सार का मन भी आशंकित हो रहा था। वह सोच रही थी कि नौटियाल भाई जी बैठें तो शायद अयाज़ कुछ बात करे। लेकिन नौटियाल जी रुके नहीं।

"तुम्हारी भाभी इंतज़ार कर रही होंगी, मियाँ को काढ़ा पिलाओ और कोई ज़रूरत हो तो आवाज़ लगाना।" यह कहकर नौटियाल जी चले गए।

मोहसिन भी घर आकर कुछ नहीं बोला, सिर्फ़ माँ का हाथ बँटा रहा था। वह भी दुखी था लेकिन अब्बू की हालत देखकर कुछ भी कहने से बच रहा था। आज रामलीला की टीम तय होनी थी। वो पंचभैया जी से पता करने गया था कि रिहर्सल कब से शुरू करनी है लेकिन ऐसा पहली बार हुआ कि उन्होंने उसे टरका दिया। हो सकता है उन्हें कुछ ज़रूरी काम रहा हो लेकिन

जिस तरह से उन्होंने मोहसिन को टाला, उसे कुछ अजीब लगा। फिर हमारा मन होता ही ऐसा है, वो बारीक बात पकड़ लेता है। कुछ लोग होते हैं जो इसे ज़ाहिर कर देते हैं, कुछ लोग नहीं कर पाते। लेकिन अब घर आकर उसे लग रहा था, अच्छा है कुछ दिन रिहर्सल टल ही जाए।

देवप्रयाग में होने वाली रामलीला में वह विभीषण बनता था और रागिनी भी गाता था। वहाँ रहने वाला हर आदमी जानता था कि देवप्रयाग की रामलीला यानी मोहसिन की रागिनी। रामलीला के आयोजक भी जानते थे कि ज़्यादातर लोग उसकी रागिनी सुनने ही पहुँचते थे। मोहसिन भी इस बात पर ख़ूब इतराता था। पिछली बार तो एक टीवी चैनल ने बाक़ायदा उसकी पूरी रागिनी रिकॉर्ड की और जिस दिन वो प्रसारित हुई, उस दिन पूरा इलाक़ा अपने घरों में टीवी पर चिपका रहा। सब मोहसिन को टीवी पर देखकर ऐसे ख़ुश हो रहे थे जैसे अपने घर का बच्चा हो। ऐसा ही तो होता है हमारे यहाँ। आप भले ही शहर छोड़ दो लेकिन जब आपके शहर का कोई बच्चा किसी मुक़ाम पर पहुँचता है तो आप ये बताने में पल भर की देर नहीं करते हैं कि ये मेरे शहर का है, भले ही वो आपसे परिचित हो या नहीं। बस, मेरे शहर का है मतलब मेरा है। इससे कोई फ़र्क़ नहीं पड़ता है कि वो कौन जात, धर्म या परिवार से ताल्लुक़ रखता है। मोहसिन का रुतबा भी कुछ ऐसा ही था, जब उसकी रागिनी की बात होती तो वहाँ रहने वाला हर शख़्स यही कहता- 'हमारे घर का बच्चा है।'

आधी रात हो चुकी थी, अब तक अयाज़ चुप था, लेकिन फिर अचानक उठा और अपने मुँह को दोनों हथेलियों में छिपाकर ज़ोर-ज़ोर से रोने लगा। रुख़सार की हालत ख़राब हो गई। वो कुछ समझ नहीं पा रही थी, बस अयाज़ की पीठ को सहलाए जा रही थी। थोड़ी देर बाद अपनी हथेलियों से भीगे हुए मुँह को बाहर निकालते हुए अयाज़ ने पूरी घटना बता दी। मोहसिन भी वहीं था। उसे समझ नहीं आ रहा था कि इस वक़्त उसे अपनी बात कहनी चाहिए या नहीं। सब ये सोचकर एक-दूसरे को दिलासा दे रहे थे कि शायद सुबह तक सब ठीक हो जाए, हो सकता है कोई वजह हो, हमें इस बात को इतनी गंभीरता से नहीं लेना चाहिए।

सुबह हो गई। वैसी ही सुबह जैसी रोज़ होती है। मंदिर से घंटी की आवाज़ रोज़ की तरह ही आ रही थी। दर्शनार्थियों का ताँता लगा हुआ था। लेकिन फिर भी कुछ अलग था। हवा कुछ बदली हुई थी और उसे बाहर से आने वाले भक्त महसूस नहीं कर पा रहे थे। यह बदली हुई हवा तेज़ी से क़स्बे में रहने वालों को जगा रही थी। अख़बार की सुर्ख़ियाँ बयान कर रही थीं कि बद्रीनाथ के दिन भी बदलने वाले थे।

प्रतिष्ठित अख़बार के मुख्य पृष्ठ के निचले हिस्से में छपी आठ कॉलम की ख़बर की हैडिंग थी- 'बदरुद्दीन नहीं बर्थवाल हैं भगवान बद्रीनाथ की आरती के रचयिता'।

तस्वीर साफ़ होने लगी। कल की घटना से धीरे-धीरे पर्दा उठ रहा था। बद्रीनाथ की घाटी में राजनीति का आग़ाज़ हो चुका था। भले ही देश-विदेश के बड़े-बड़े नेता, उद्योगपति, अमीर, ग़रीब सभी भगवान का आशीर्वाद पाने आते रहते हों लेकिन सब यहाँ भक्त ही होते हैं। सभी यहाँ सिर झुकाकर आते हैं, दर्शन करते हैं और चले जाते हैं। अब तक ऐसा कुछ हस्तक्षेप नहीं हुआ था जिसने घाटी में राजनीति का प्रवेश होने दिया हो। भगवान का ही प्रताप था कि मंदिर अभी राजनीति का अखाड़ा नहीं बन पाया था। फिर अब ये कैसे हो रहा था? क्या भगवान का प्रताप कम हो रहा था? या फिर उसके प्रताप पर धर्म का ताप चढ़ रहा था?

समय बदल रहा था। अब भगवान का आशीर्वाद उसके आधिकारिक भक्तों को ही मिले, इसकी क़वायद शुरू हो चुकी थी। और ये आधिकारिक भक्त कौन होंगे, ये निर्धारित करने की कमान भी स्वनिर्धारित भक्तों के हाथों में थी, जिनका मानना था कि बद्रीनाथ में प्रवेश के नियम बनाए जाएँ ठीक मक्का-मदीना की तरह, ताकि कोई विधर्मी मलेच्छ यहाँ ना आ सके।

अख़बार की ख़बर पूरी घाटी में फैल गई, जो नौटियाल सहित अयाज़ के घर जमा हो रहे परिचितों को भी डरा रही थी। कोई इस बात को समझ ही नहीं पा रहा था। क़स्बे के लोग यह सोचकर परेशान थे कि आख़िर सच क्या था! अख़बार में छपा हुआ सच था या वो सच था जिसे वो सभी बचपन से सुनते आ रहे थे। ऐसा सच जिसे पीढ़ियों ने कहीं लिखा नहीं था, क्योंकि उन्हें लगता था कि जब सब जानते हैं, तो इसे लिखने की क्या ही ज़रूरत! लेकिन

अब अख़बार में लिखा हुआ सच उनके सालों से चले आ रहे सच को झूठा साबित कर रहा था।

बद्रीनाथ क्या, लगभग पूरे उत्तराखंड में हर कोई अब तक यही मानता आया था कि बद्रीनाथ भगवान की आरती अयाज़ के परदादाजी और पेशे से पोस्टमैन रहे फ़ख़रुद्दीन सिद्दीक़ी ने लिखी थी। उस समय के मंदिर के बड़े महाराज जी ने ही बद्रीनाथ के प्रति उनकी भक्ति देखकर उन्हें बदरुद्दीन नाम दिया। तब से फ़ख़रुद्दीन उर्फ बदरुद्दीन के परिवार का पूरी घाटी में सम्मान था। तब से अब तक उनके परिवार से हर रोज़ एक सदस्य आरती में शामिल होता आया था। ये नियम इतना ही शाश्वत था जितना सूरज का निकलना और डूबना। पिछले कई सालों से अयाज़ इस परंपरा को निभा रहा था। उनके परिवार में से किसी ने भी इस नियम को औपचारिकता के तौर पर नहीं लिया बल्कि बद्रीनाथ का दर्शन उनकी ज़िंदगी का हिस्सा था। ये कुछ इस तरह का ही था जैसे बिस्मिल्ला खाँ का मैहर में रियाज करना या रसखान का काव्य रचना।

लेकिन पल भर में सब कुछ बदल गया। अयाज़ को अहसास करा दिया गया कि वह अलग है। उसने बड़े महाराज से मिलने का इरादा बदल दिया। उसे समझ आ गया था कि इसका कोई फायदा नहीं।

घर के बाहर खड़ी भीड़ के बीच भारती भी मौजूद थी। वो अंदर आ गई। रुख़सार ने उसे देखकर मुँह फेर लिया। भारती के चेहरे पर भी वही उदासी थी जो इस वक़्त अयाज़ के चेहरे पर थी। वो बिना कुछ कहे काफ़ी देर तक खड़ी रही। जब अयाज़ की नज़र उस पर पड़ी तो उसने मोहसिन से बैठने के लिए स्टूल देने को कहा। भारती चुपचाप आकर बैठ गई। भारती को अहसास था कि क्या हुआ था।

अयाज़ के घर में भीड़ और चुप्पी ने ऐसा माहौल बना दिया था गोया किसी का इंतक़ाल हो गया हो और सब मिट्टी देने के लिए शामिल हुए हों। मोहसिन चुपचाप सिर झुकाकर ट्रे में चाय परोस रहा था। वो भारती के पास से गुज़रते हुए ठिठका, फिर आगे बढ़ गया। अयाज़ धर्माधिकारी की चौखट में चीनी मिट्टी के कप में चाय पी सकता था, लेकिन धर्माधिकारी के परिवार का कोई सदस्य उसके घर पानी भी नहीं पीता।

अचानक भारती अपनी जगह से उठी और आगे बढ़कर ट्रे से चाय उठा ली। फिर दरवाज़े पर खड़े होकर चाय पीने लगी।

धर्माधिकारी की बेटी अयाज़ के घर चाय पी रही थी। सबकी नज़र भारती पर थी। भारती किसी को नहीं देख रही थी, वो बस फूँककर चाय से निकलती हुई भाप को उड़ा रही थी। पलभर को ऐसा लगा मानो उस भाप में अख़बार की सुर्ख़ियों के अक्षर उड़ रहे हों। उसका पिया जाने वाला हर घूँट अयाज़ के अंदर घुमड़ते सवालों के जवाब दे रहा था।

राज्य सरकार ने यह दावा किया था कि भगवान बद्री विशाल की आरती के लेखक धान सिंह बर्थवाल हैं। सरकार ने आरती की पांडुलिपी की कार्बन डेटिंग से पता लगाया कि यह आरती अठारहवीं सदी के अंत में लिखी गई थी। जबकि बदरुद्दीन उन्नीसवीं सदी के उत्तरार्ध में हुए। हालाँकि अल्मोड़ा के एक संग्रहालय में स्कंद पुराण के अनुवाद वाली एक किताब के आख़िरी पन्ने पर यह आरती छपी है। इसमें यह भी लिखा है कि इसका संरक्षक बदरुद्दीन का परिवार है।

अब सरकार ने तय कर लिया तो इस बात का कोई मतलब नहीं कि कार्बन डेटिंग के परिणाम सामान्यत: अस्सी साल तक आगे-पीछे हो सकते हैं।

पाँच दिन बाद अयाज़ ने दुकान का शटर खोला। सिलाई का बहुत-सा काम बचा हुआ था। सुबह ही रुख़सार ने कहा था, "अपनी तकलीफ़ में दूसरों का शादी-ब्याह, तीज-त्यौहार क्यों ख़राब करें? उनके कपड़े तो बना दीजिए आपका मन भी लगा रहेगा।"

वह कहना चाहता था कि मेरे हाथों का सिला कपड़ा पहनकर उन लोगों का त्यौहार अपवित्र नहीं हो जाएगा! लेकिन यह बात उसके मुँह से निकली ही नहीं।

दुकान के अंदर भी उसको एक अजनबीपन-सा लग रहा था। उसकी हालत उस इंसान की तरह थी जो अचानक किसी अंजान जगह पर पहुँच गया हो और उसके अंदर ख़त्म हो चुका आत्मविश्वास उसे अपने अंदर सिकोड़ता जा रहा हो। आख़िर जिस दुकान में वो खड़ा हुआ था, यह दुकान

भी तो श्री पंच समिति ने उसके दादा को ही सम्मानस्वरूप दी थी, जिस पर उसके पिताजी ने टेलरिंग का काम शुरू किया था। दुकान के बोर्ड पर लिखा था- 'बदरुद्दीन टेलर- लेडिज़ एंड जेंट्स'।

दुकान में एक कोने में बद्री विशाल की फ्रेम फ़ोटो और कुछ साल-दर-साल मिलने वाले कैलेंडर टँगे थे। इन कलैंडरों पर बद्री विशाल का फ़ोटो होने के कारण फेंका नहीं गया था। अयाज़ ने एक नज़र दुकान पर डाली। उसे कुछ भी हरा नज़र नहीं आया। उसे अपने अंदर भी कुछ हरा नज़र नहीं आ रहा था। उसके अंदर कुछ भगवा भी नहीं था, वास्तव में वो रंगहीन था। आज तक वो ख़ुद ही नहीं समझ पाया था कि बद्रीनाथ उसके लिए आस्था का विषय हैं या उसकी आदत हैं।

कुछ लोगों ने सलाह दी कि अयाज़ को इस निर्णय का विरोध करना चाहिए और केस कर देना चाहिए। यह उसके हक़ की बात थी लेकिन मंदिर वालों की बेरुख़ी ने उसे अंदर तक चकनाचूर कर दिया। उसे बेशरमी से अहसास दिलाया गया था कि तुम छोटे हो और हमारी बराबरी के नहीं हो।

दो-तीन बार पुराने कैलेंडर निकालकर फेंकने का उसका मन हुआ लेकिन वह ऐसा नहीं कर सका। वो ख़ुद को समझाता कि यह काम इंसानों ने किया था, बद्री विशाल ऐसे नहीं हैं। अगर भगवान भी ऐसा कुछ सोचते होते तो दादा उनकी स्तुति लिख ही कैसे पाते। हालाँकि अब तो उसे ख़ुद पर, अपने दादा पर भी शक होने लगा था। वह सोचता, आरती उन्होंने लिखी भी थी या नहीं! लेकिन यदि न लिखी होती तो वो यह दावा कैसे करते? दादा तो राजनीति में थे नहीं, ना ही उस दौर में देश निकाला जैसी किसी चिंता ने उन्हें घेर रख था। तो उनका स्वार्थ क्या था?

सिलाई मशीन आज थोड़ी मंद ही थी। क्योंकि अयाज़ अपने विचारक्रम से निकल नहीं पा रहा था। उस समय तो परिवार अपने दायरे में सुखी था, फिर ऐसी उनके अंदर कौन-सी ज्वाला जल पड़ी थी जो उन्होंने बद्रीनाथ की आरती लिख डाली। लेकिन फिर सवाल ये भी था कि क्या वाक़ई में उन्होंने बद्रीनाथ की भक्ति की थी? फिर यह सवाल उसका ख़ुद से भी तो था। ये कहीं दिल की बहुत गहराई का मामला था जिसे बयान नहीं किया जा सकता। ये मन रमने वाली बात थी, जिसमें रम जाए। और जब मन रमता है तो कुछ

साकार नहीं होता है, बस एक निराकार होता है जिसमें डूब जाने की चाहत पैदा हो जाती है।

दौर बदल गया था। अब बात सिर्फ़ आनंद की नहीं रह गई थी, बात अस्तित्व की होती जा रही थी। अब बात मालिकाना हक़ की हो रही थी, श्रेणियों की हो रही थी, सर्वश्रेष्ठ की हो रही थी। कई बातें थीं जो बदलाव का संकेत कर रही थीं, बस बद्री घाटी के निवासी उस बदलाव को स्वीकार करने में आनाकानी कर रहे थे।

इसी बीच मोहसिन को भी रामलीला में रोल देने से मना कर दिया गया था। देवप्रयाग की एक नई टोली को रागिनियाँ गाने के लिए कहा गया। अपनी उम्र से ज़्यादा समझदार होते हुए भी मोहसिन के लिए ये सब बर्दाश्त से बाहर था। आख़िर कितना भी दिखा ले, था तो वो बच्चा ही, वह चाहकर भी समझ नहीं रह पा रहा था। उसके लिए दरअसल दूसरा पहलू कभी था ही नहीं। उसके सामने अचानक चीज़ें- 'तुम लोग' और 'ये लोग' के रूप में सामने आ रही थीं। उसकी चिढ़ रह-रहकर उजागर हो जाती और वह अपने ही साथियों के साथ हाथा-पाई कर बैठता। अब जो दोस्त दिन-रात साथ में क्रिकेट खेलते थे, वे फ़िज़ा में गूँज रहे नारों से प्रभावित हो गए। प्रभावित हो गए कहना भी ठीक नहीं, शायद किसी फ़िल्मी गाने की तरह ये नारे भी ज़ुबाँ पर चढ़ गए और ना चाहते हुए भी मोहसिन के सामने कई बार दोहरा दिए गए। दोस्तों से लड़ाई पहले भी कई बार हुई होगी, लेकिन पहले क़स्बे के बुज़ुर्ग सबको बराबर से फटकार लगा दिया करते थे। लेकिन अब डाँट में ताना शामिल हो गया था। सभी को मोहसिन बिगड़ा हुआ नज़र आने लगा। या शायद मोहसिन ऐसा महसूस करने लग गया था।

क्या वाकई इतनी तेज़ी से चीज़ें बदलती हैं?

बग़ल में रहने वाले नौटियाल जी या ऐसे कई परिवारों को देखकर तो लगता था जैसे कुछ हुआ ही न हो। उनके बर्ताव में कोई तब्दीली नहीं थी। महिलाएँ अभी भी अयाज़ के पास ही कपड़े सिलवाने आ रही थीं। अयाज़ से लोग इस विषय में बात करने से बचते थे और धर्माधिकारी जी से कुछ कहने की किसी में हिम्मत ही नहीं थी। आरती के विषय को लेकर लोग मोटे तौर

पर अयाज़ के साथ थे। आरती लेखन पर सवाल उठाने से उन्हें लगता था कि उनके इतने साल के विश्वास को तोड़ा जा रहा है।

अयाज़ की दिनचर्या अब घर से दुकान और दुकान से घर वाली हो गई थी। उसने लोगों से मेल-जोल काफ़ी कम कर दिया था। लेकिन सामाजिक प्राणी कितने दिन घर में रहेगा, उसके साथियों ने, ख़ासकर उसके बरसों पुराने साथियों ने उसे फटकार भी लगाई। ये वही लोग थे जो तमाम तरह की ख़बरें अख़बारों में एक साथ पढ़ते थे और एक साथ उस पर चर्चा करते थे लेकिन ख़बरों से अपना मानस नहीं बदल पाते थे। वैसे ये शोध का विषय है कि मानस किसका बदलता है और कितना बदलता है। या जिनके अंदर पहले से ही कुछ घिनौना दबा रहता है उसी घिनौनेपन को नई ख़बरें, नारे, भाषण उभार देते हैं, उसमें एक खुलापन आ जाता है। ये सवाल उस समय कई लोगों के मन में उभर रहे थे। भले ही इसे हिंदू-मुस्लिम पक्ष से दिखाए जाने की कोशिश की जा रही थी लेकिन नौटियाल जी जैसे तमाम लोग इसका राजनीतिक पक्ष देखने में सफल हो रहे थे। वो देख रहे थे कि ये महज़ श्रेय लूटने के चक्कर में की गई नाइंसाफ़ी थी। कभी-कभी ऐसी बातें बड़ी राहत देने वाली होती हैं। हालाँकि यह अपने-अपने चश्में पर निर्भर करता है। लेकिन इस बात में भी कोई दो राय नहीं थी कि अगर बदरुद्दीन ने ये आरती नहीं लिखी होती तो विवाद भी नहीं होता। यहाँ तो सियासतदानों को ये अखर गया कि बदरुद्दीन कैसे इतना बड़ा रचनाकार हो सकता है जो बद्री विशाल पर कुछ लिख सके, शायद वो लोग यह बात सोचना ही नहीं चाहते थे।

ख़ैर, सच तो ब्रह्मांड में तैरते हुए शब्दों की तरह होता है जो नश्वर होता है। लेकिन एक सच सत्ता का भी होता है। ये वो सच होता है जिसकी स्वीकार्यता सर्वाधिक होती है। अयाज़ ने अपने बड़ों से एक ही बात सीखी थी कि रचना एक आशीर्वाद है और आशीर्वाद अपने-आप में इनाम है, वो भी ऊपर वाले का दिया हुआ। उसके बाद क्या पाने की हसरत रह जाती है! इसलिए उन्होंने कभी किसी के सामने ढोल भी नहीं पीटा। वैसे भी प्रमाण वह होता है जिसे सत्ता मानती है और अभी का प्रमाण सत्ता ने मान लिया था कि

बदरुद्दीन दरअसल फ़ख़रुद्दीन ही है, लाख कोशिश कर ले वो बदरुद्दीन नहीं हो सकता है।

अयाज़ को समझ आ गया था कि वह इसी सच्चाई का हिस्सा था, उसे इसी सच्चाई के साथ रहना था।

आज वो अपने घर से निकला। सुबह का वक़्त था। उसके घर से माणा सीधी सड़क जाती थी। जब भी उसका मन थोड़ा भी ख़राब होता था तो वो माणा चला जाता था। माणा बद्रीनाथ से पाँच किलोमीटर दूर भारत का आख़िरी गाँव है। वहीं जाकर वह घंटों सरस्वती-अलकनंदा के संगम पर बैठा रहता था। माणा के पहाड़ों से दूधिया पानी का एक बहाव आता हुआ दिखता था। ये बहाव बहुत तेज़ था। पुराने लोग मानते हैं कि यहाँ से क़रीब साठ किलोमीटर दूर एक जगह है जो अब भारत-चाइना (उस वक़्त का तिब्बत) सीमा रेखा में आती है, उस जगह का नाम ही सरस्वती है, ये नदी वहीं से निकलती है। पहले लोग वहाँ तक पैदल जाया करते थे, अब तो वहाँ सेना के अलावा कोई नहीं जा सकता।

संगम पर बैठा अयाज़ सरस्वती को देख रहा था जो माणा के पहाड़ों को चीरकर बाहर निकलती है। उसके वेग से लगता है मानो चिल्ला-चिल्लाकर वो अपना अस्तित्व बताना चाहती है। सरस्वती की कहानी भी तो अस्तित्व के पहचान की कहानी ही है। माना जाता है कि व्यास जी महाभारत का वर्णन कर रहे थे और गणेशजी उसे लिख रहे थे, तब सरस्वती के शोर की वजह से गणेश जी को व्यास वाणी सुनने में दिक़्क़त हो रही थी। उन्होंने सरस्वती से शांत रहने के लिए कहा लेकिन नदी ने अपना व्यवहार नहीं छोड़ा तो उन्होंने उसे श्राप दे दिया कि तेरा अस्तित्व ख़त्म हो जाएगा। इसी के बाद सरस्वती का अस्तित्व नहीं रहा। कितनी कमाल की बात है कि हमारी कहानियों में भी अपने मन की अभिव्यक्ति को प्रस्तुत करना ताक़तवर के लिए शोर था। क्योंकि ताक़तवर ही ये निर्धारित कर सकता है कि किसी को कितना बोलना है, कितने डेसीमल में बोलना है।

सरस्वती और अलकनंदा के संगम को केशव प्रयाग कहते हैं, लेकिन इसका जिक्र किसी शास्त्र में नहीं मिलता है। प्रयाग भले ही दो नदियों के मेल के लिए रचा गया शब्द हो लेकिन जहाँ दो संस्कृतियों का प्रयाग होता है उसे

हम स्वीकार नहीं कर पाते हैं। इसका किसी भी धर्म विशेष से लेना-देना नहीं है। इसका संख्या, ताक़त और किसके हाथ में डंडा है, इससे लेना-देना रहा है। इसमें कोई दो राय नहीं है कि जो अयाज़ के साथ बद्रीनाथ में हो रहा था वो किसी दूसरे कोने में किसी विकास के साथ हो रहा हो। कहीं पर वो एंथनी भी हो सकता है और कहीं वो करतार भी हो सकता है, जो चीख़-चीख़कर ये बताना चाहता हो कि जिसे आप धर्म-धर्म चिल्लाकर अलग कर रहे हो, मैंने उससे दिल लगाया है।

संगम पर बैठे नदियों को निहारते काफ़ी देर हो गई तो अयाज़ ने हाथ में लिया हुआ पुराना अख़बार खोलकर पढ़ना शुरू कर दिया। वह उसी ख़बर को पढ़ रहा था जिसे आज तक कई बार पढ़ चुका था। वो उसी ख़बर को देख रहा था कि उसकी नज़र एक और ख़बर पर पड़ी। बनारस हिंदू विश्वविद्यालय में भी कुछ घटा था। काशी के कुछ हिंदु संगठनों को एक मुसलमान का संस्कृत पढ़ाना नहीं भाया और उन्होंने हंगामा खड़ा कर दिया। सरकार दबाव में आ गई और फ़िरोज़ को वहाँ से हटा दिया गया।

इससे क्या फ़र्क़ पड़ता है कि फ़िरोज़ ने संस्कृत के कई ग्रंथों का मर्म समझकर अपने छात्रों तक पहुँचाया है और उसने संस्कृत में पीएचडी की है। सवाल तो ये था कि एक मलेच्छ हमारी पवित्र संस्कृत का अध्ययन कैसे कर सकता है! उस पर उसकी इतनी औक़ात कि वो हमें हमारा विषय पढ़ाएगा! फ़िरोज़ के साथ भी ऐसा ही कुछ हुआ था। एक झटके में उसे बता दिया गया कि कालीदास हिंदू थे और उपनिषद लिखने वाले भी हिंदू ही थे। अब क्या फ़र्क़ पड़ता है कि दाराशिकोह या रसखान ने भी इन्हीं ग्रंथों से प्यार किया था। ये बात समझाना व्यर्थ था कि उस समय सभी हिंदू थे और इस्लाम ने आकार भी नहीं लिया था। या ये ग्रंथ पूजा-पद्धति से संबंधित नहीं हैं बल्कि जीवन-पद्धति से संबंधित हैं।

अपनी सोच में डूबे अयाज़ के कंधे पर किसी ने हाथ रखा, उसने चौंककर देखा, पीछे भारती खड़ी थी। भारती उसके बग़ल में बैठ गई। वो भी उस दिशा में देखने लगी जिस दिशा में अयाज़ देख रहा था। दोनों ही चुप थे, सिर्फ़ नदी के बहाव की आवाज़ थी।

भारती ने ख़ुद ही बोलना शुरू किया, "आज पिताजी के पास दिल्ली से कोई टीम आई है जिसका दावा है कि जिस नदी को आप सरस्वती मान रहे हैं वो सरस्वती नहीं है। पिताजी ने काफ़ी बहस की लेकिन वो काफ़ी सारे तकनीकी और वैज्ञानिक सबूत लेकर आए हैं। पिताजी बहुत दुखी हैं।"

इतने सालों से जिसे सरस्वती बताकर वो अपने भक्तों की ज़बान से लेकर बुद्धि तक ठीक करते आ रहे थे, उसके बारे में यह बता देना कि वो दरअसल सरस्वती है ही नहीं, इस बात ने ही धर्माधिकारी जी के पैरों तले ज़मीन खिसका दी थी।

अयाज़ भारती की ओर देख रहा था। धीरे से भारती उठी और सरस्वती के पास जाकर उसके पानी को अंजुली में भरकर पिया और फिर अयाज़ के पास आकर बोली, "कल दिल्ली जा रही हूँ, बद्रीनाथ का जब तक अस्तित्व है तब तक उसकी आरती है और तब तक ये सच भी है कि आरती का रचनाकार कौन है। बाक़ी भाई, आप अपना ख़याल रखना। जो नदियाँ अपना अस्तित्व खोती हैं, वही दूसरी को बनाती हैं। जो बनाने वाला होता है वो अपने खोने पर अफ़सोस नहीं करता है।"

इतना कहकर भारती ने उसके कंधे को दबाया और निकल गई। वो जिस तरफ़ जा रही थी, उसके सामने से पहाड़ों को चीरती हुई एक नदी निकल रही थी। उसका नाम जो भी हो लेकिन वह थी, वह है और वह हमेशा रहेगी।

चुल्लू भर ही बात...

अब जब आपने पहली कहानी पढ़ ली तो आइए थोड़ी बात कर लें। हम चाहते थे, आप पहले एक कहानी पढ़कर थोड़ा-सा तैयार हो जाएँ। अभी एक महामारी ने हमें ये सबक़ सिखा दिया है कि हमारा तैयार रहना कितना ज़रूरी है। ख़ुद को बचाने के लिए नहीं, ख़ुद को समझने के लिए, ख़ुद के अंदर झाँकने के लिए। प्रकृति चाहेगी तो हम बच जाएँगे और नहीं चाहेगी तो हमारे चाह लेने से कुछ नहीं होता।

इस कहानी-संग्रह में हमने उन रिवाजों की बात कहने की कोशिश की है, जो कहीं-न-कहीं हमारी सभ्यता से जुड़ी हुई हैं। हमारी नदियाँ ही तो हैं, जिनके किनारे सभ्यताएँ पनपी हैं। जब भारतीय संस्कृति आकार ले रही थी तब आर्य–अनार्य, शैव–वैष्णव जैसे सवालों में उलझने के बावजूद नदी तट पर आकार लेते गाँव नदी की तरह ही साफ़ थे। वक़्त बदला और नदी की धारा में धर्म की चट्टानें उभर आईं, लेकिन नदी की ताक़त निश्चित रूप से ज़्यादा थी। वह चट्टानों को लगातार रगड़कर रेत बना देती। वह नदी की ताक़त थी, सनातन की ताक़त थी, अध्यात्म की ताक़त थी और भारतीयता की ताक़त थी। फिर धीरे-धीरे हमने उसमें नफ़रत के सीवेज को मिलाना शुरू कर दिया। सीवेज मथने से 'विकास' निकला तो हमने और सीवेज डाला। इसके बाद किसी संतृप्त घोल की तरह नदी काली पड़ने लगी। काली नदी को देखकर कोलाहल मचा तो हमने नदी के महान इतिहास को याद किया और उसी आकार के वादे किए। समय बीता और वादा दावा बन गया कि नदी ने अपना प्राचीन स्वरूप पा लिया है। दावे के प्रचार के लिए नारे गढ़े गए और फिर उन नारों को जल्दी-जल्दी और ज़ोर–ज़ोर से बोला गया, मानो सियारों

का कोई झुंड हुआँ-हुआँ कर रहा हो। बीच में नदी ने ख़ुद भी कुछ बोलने की कोशिश की लेकिन उसके ही घाट पर झाड़ू लगाकर उसे शांत करा दिया गया, गोया हम नदी के बारे में उससे ज़्यादा जानते हैं। इस बीच हम भूलते गए कि नदी हो या ज़िंदगी उसका अस्तित्व होने में है। कोई काग़ज़ या कोई विचार तय नहीं कर सकता है कि वो है या नहीं है।

लेकिन तमाम तरह के वादों, दावों और इरादों के बीच ये बात कोई नहीं बदल सका कि बग़ैर पानी के हमारी परंपराओं के बारे में सोच पाना लगभग मुश्किल है। पानी हमारे परिदृश्य में एक रूपक की भाँति हमेशा मौजूद रहता है। वो कभी नदी है, कभी कुआँ है, कभी बारिश है, तो कभी झरना है। प्रेम में भी पानी है और नफ़रत में भी पानी ही है। हमने जो ग़लतियाँ कीं, वो भी इसलिए क्योंकि हमारी आँख का पानी मर गया है। जब हमें ग़लती का एहसास हुआ तो डूबने के लिए भी हमें चुल्लू भर पानी ही चाहिए था।

चूँकि सभी कहानियाँ हमारी यादों, एहसासों, फ़लसफ़ों और संवेदनाओं का मिश्रण हैं। इस मिश्रण को जब हथेली में उठाया तो कहानी तो चुल्लू भर ही थी, लेकिन साथ में वो सब बातें भी थीं जो कहानी के साथ मिलकर ही कुछ कह पाती हैं। यादों और अनुभव की अंजुली ज़िंदगी के समुच्चय में मिला एक छोटा-सा रूप ही तो होती है। उस पल को महसूस कीजिए जब हम किसी बहती नदी से हथेली भरते हैं और उसे गले से नीचे उतारते हैं या मुँह पर छींटे मारते हैं। तब उसी ताज़गी और जीवनतत्व का एहसास होता है जिस तत्व से नदी ने आकार लिया है।

मसलन एक कहानी में हम जमी हुई भागीरथी के साथ उन रिश्तों को देखते हैं जो पिघलने में वक़्त लगाते हैं। अगर उन्हें ज़्यादा गर्माहट देकर पिघलाने की कोशिश की जाए तो वो ग्लोबल वार्मिंग के रूप में उभरती हैं। दुनियाभर में बढ़ती गर्मी हर तरह से हमें नुक़सान ही तो पहुँचा रही है। तो बर्फ़ का पिघलना ज़रूरी है ताकि रिश्तों की नदी बहती रहे। लेकिन उसे पिघलने में स्वाभाविक वक़्त लगना भी बेहद ज़रूरी है। साथ ही ये समझना भी ज़रूरी है कि कहीं हम रिश्तों को ग़लतफ़हमियों के आइस एज में तो नहीं ले जा रहे हैं, जहाँ बर्फ़ की परत इतनी मोटी हो जाए कि हम चुल्लू भर पानी को भी तरस जाएँ!

अन्य कहानियों में भी जहाँ आपको प्रेम की बहती हुई नदी का प्रवाह देखने को मिलेगा, वहीं नदी की उलाहना या क्रोध भी आप समझेंगे। साथ ही ये भी कि किस तरह हम उस दौर में पहुँच गए हैं जब सत्ता हमारे भगवान, धर्म, अध्यात्म, मानवता आदि की परिभाषा तय कर रही है। और ये भी कि किस नदी के अस्तित्व को स्वीकारना है और किसे नकारना। हालाँकि ये महज़ उस सत्ता की सोच ही है जो उस परत की तरह है जिसके नीचे सत्य की नदी अविरल बहती रहती है।

इस सत्य की अविरलता को पंडित जगन्नाथ और लवंगी की प्रेम कथा से समझा जा सकता है। हालाँकि यह कहानी इस संग्रह का हिस्सा नहीं है लेकिन कई बार अपने भावों को समझाने के लिए इतिहास के खाते में उधार चढ़ाना पड़ता है। दरअसल, पंडित जगन्नाथ और लवंगी की बात इसलिए क्योंकि पंडितजी ने गंगालहरी रची और उन्हें एक मुस्लिम महिला से प्रेम भी हुआ। उनका प्रेम-संबंध उसी समाज को नहीं जँचा जो पिछली कई सदियों से नारों को अविरल मानता रहा है। वैसे इस बात से पंडित जगन्नाथ को कोई फ़र्क़ नहीं पड़ा, उनका प्रेम निश्छल था, उन्होंने दिल की मानी और 52 सीढ़ी ऊपर बैठकर उन्होंने गंगा की स्तुति की, गंगालहरी रची। ये उनका प्रेम ही था कि वो नीचे नहीं उतरे बल्कि गंगा 52 सीढ़ी ऊपर चढ़ी और जगन्नाथ और लवंगी को अपने आँचल में समेट लिया। आज गंगालहरी गंगत्व की तरह अमर है और नारे लगाने वाली भीड़ ख़त्म हो गई। वो इसलिए समाप्त हो गई क्योंकि उनसे ज़्यादा तेज़, ज़्यादा ज़ोर से और ज़्यादा जल्दी–जल्दी नारे लगाने वाली भीड़ आ गई। कट्टरता के झंडाबरदार हर दौर में, हर देश-समाज में और हर धर्म में ढेर सारे हैं, वे यह समझ नहीं पाते कि नदी तो हमेशा से ही समाज का विषय रही है, धर्म का नहीं।

हम दोनों ही ने जब इस कहानी-संग्रह को लिखने का मन बनाया तो भले ही हमें ज़मीन ढूँढने में वक़्त लगा हो लेकिन उस ज़मीन पर नदी अपने आप ही बहने लगी। ये वो नदी है जो हमारे भीतर घर बना चुकी है और हम ख़ुद को इससे अलग नहीं कर पाते। जब भी हम कहानियों के चुल्लू को भरते हैं तो उसमें नदी का अंश मौजूद रहता है।

हमारी कोशिश कितनी सार्थक है वो तो आप बताएँगे, हम बस इतना कह सकते हैं कि इस चुल्लू भर कहानी में हमने पूरी नदी को समाहित करने का प्रयास किया है।

एक बात और, बेशक ये कहानियाँ किसी को राजनीतिक या धार्मिक तौर पर परेशान कर सकती हैं, संभव है ये किन्हीं घटनाओं से क़रीब से मिलती-जुलती हों, फिर भी हमारा आग्रह है कि इन कहानियों को फ़िक्शन मानकर ही पढ़िएगा। अगर केवल एक पक्ष ही देखने की बाध्यता हो तो नदी का पक्ष देखने की कोशिश कीजिएगा।

नदी जब बदलती है

डॉ. सौरभ सिंह गंगा के किनारे घाट पर खड़े हुए थे। वो लगभग छह महीने बाद भारत लौटे हैं। घाट तो वही था, लेकिन थोड़ा चमक-दमक की वजह से बदला हुआ लग रहा था। डॉ. सौरभ को लग रहा था कि वो छह महीने नहीं बल्कि छह साल बाद वापस लौटे हैं। घाट पर चारों तरफ़ लाइट लग चुकी थी, जिसकी रौशनी से गंगा चौंधिया रही थी। घाट पर बैठने की बढ़िया व्यवस्था हो गई थी। चारों तरफ़ गमलों में फूल जलवायु परिवर्तन जैसे मुद्दों को धता बतलाते हुए खिलखिला रहे थे। ऐसा लग रहा था जैसे घाट पर बहार आ गई हो और जाने का नाम नहीं ले रही हो। किनारे पर गंगा भी इस विकास से हैरान-सी लग रही थी इसलिए उसका बहना भी रुक-सा गया था। हालाँकि विकास की ये बयार अब सौरभ को हैरान नहीं करती थी। पिछले 15 सालों से काम करते हुए उन्होंने विकास चढ़ी हुई चमड़ी के नीचे के नासूर को देखना अच्छी तरह से सीख लिया था। उन्हें मालूम था जिसे विकास कहते हैं वो विनाश का जुड़वा भाई है। वो चुपचाप फूलों से अघाए हुए गमलों को देख रहे थे, उन्होंने एक लंबी साँस ली लेकिन किसी ख़ुशबू की गंध उनके ज़ेहन तक नहीं पहुँच पाई।

पिछले 15 सालों से आर्सेनिक पर काम कर रहे सौरभ का मुख्य कार्यक्षेत्र वैसे तो बलिया से लेकर गया ज़िले तक था। यूपी की सीमा से लेकर बिहार तक के इस क्षेत्र में पीने के पानी में आर्सेनिक की बड़ी समस्या थी, जो पहले सरकारों को नज़र नहीं आती थी। लेकिन लगातार कई सालों तक लड़ने, पिटने और तमाम तरह के झंझावतों से जूझने के बाद अब डॉ. सौरभ की बात को सरकारों ने भी मानना शुरू कर दिया था। कई एनजीओ भी इस क्षेत्र में

काम कर रहे थे और कई तो पूरी तरह आर्सेनिक पर ही केंद्रित थे। यहाँ तक कि गाँव वाले भी अब आर्सेनिक नाम का शब्द सीख चुके थे। ये बात और थी कि गाँव से लेकर सरकार तक में आर्सेनिक शब्द की जानकारी उस रट्टू तोते की तरह थी, जो 'शिकारी आएगा, दाना डालेगा, जाल बिछाएगा' रटते हुए जाल में फँस जाता है। यहाँ भी सब बस शब्दों को बोलना सीख गए थे लेकिन उसके बचाव में होने वाली सावधानियों पर अमल कोई नहीं करता था।

सौरभ अभी जिस घाट पर खड़े थे, वो पटना का घाट था, जहाँ से उन्हें दीनापुर जाने के लिए फेरी का इंतज़ार था। वैसे तो यहाँ कई फेरियाँ चलती थीं, लेकिन वो जब भी यहाँ आते थे तो केवल सत्तू की फेरी में ही बैठते थे। वजह इतनी-सी थी कि सत्तू यानी सत्यनारायण यहाँ का सबसे पुराना फेरी चलाने वाला था। वो यहाँ के चप्पे-चप्पे से वाक़िफ़ था। साथ ही गंगा के इर्द-गिर्द, ऊपर नीचे हो रही तमाम तरह की उठा-पटक की जानकारी भी उसे रहती थी। तो पटना से गंगा पार दीनापुर जाते हुए सौरभ की जानकारी दुरुस्त हो जाती थी।

सौरभ को घाट पर खड़े हुए घंटा भर बीत चुका था। इससे पहले उसे इतनी देर कभी इंतज़ार नहीं करना पड़ा था। कभी अगर सत्तू उस पार गया भी होता था तो कोई-ना-कोई उसे सौरभ जी के आने की खबर दे ही दिया करता था। वो दूसरा उपाय सोच ही रहा था कि तभी एक बजरी वाला लड़का उसकी तरफ़ बढ़ा, वह शम्स था। (बजरी छोटी नाव को कहते हैं। दरअसल इन नावों से बीच धारा में अवैध रूप से रेत या बजरी निकालकर बेची जाती है इसलिए भी इन नावों का नाम ही बजरी पड़ गया है।) सौरभ और शम्स का एक-दूसरे से परिचय आँखों के अभिवादन वाला ही था। सत्तू के साथ कई बार शम्स ने सौरभ को देखा था। उसने क़रीब आकर नमस्ते किया और बोला- "सत्तू मर गईल!"

सौरभ को पहले तो बात समझ नहीं आई, उसे लगा उसे सुनने में कुछ ग़लती हुई है। उसने दोबारा गर्दन हिलाकर उससे जानना चाहा कि क्या उसने जो सुना था वो सही था। शम्स ने हाँ में गर्दन हिलाते हुए बताया कि सत्तू पिछले हफ़्ते ही मर गया।

यह बात सुनकर सौरभ को अभी तक विश्वास नहीं हो पा रहा था। वो

चुपचाप आगे बढ़ा और शम्स की नाव में बैठ गया। शम्स ने भी बिना किसी सवाल-जवाब के नाव आगे बढ़ा दी। कुछ देर नाव में सिर्फ़ चप्पुओं की आवाज़ आ रही थी जो लहरों से संघर्ष कर रहे थे। थोड़ी देर में सौरभ ने ही चुप्पी तोड़ी, "कैसे?"

शम्स मानो इस सवाल के लिए तैयार ही बैठा था और फटाफट बोलता चला गया- "पिछला पाँच-छौ महीना से सत्तू के देह में घाव जइसन फूट गईल रहे। छाला जइसन दिखे वाला घाव धीरे-धीरे बढ़े लागल रहे त फिर सत्तू के एक दिन साथ ले गइलन जा। डाक्टर बोलत रहे कि कैंसर बा, लेकिन बाबूजी कैंसर-वेंसर कुछ्छो ना, ई सब करम हवे। पाप कहीं से त निकलबे नू करी। सब करम के फल बा।"

शम्स की बातों ने सौरभ को विचलित कर दिया। उसने कई-कई बार अलग-अलग तरह से जानना चाहा कि सत्तू को किस तरह के छाले थे। लेकिन शम्स की रुचि सत्तू के छालों से ज़्यादा उसके धतकरमों पर थी। वो बार-बार सौरभ को उसके नशे, दोस्तों और ग़लत कामों के बारे में बताने की कोशिश कर रहा था। सौरभ इस समय सिर्फ़ एक शोधार्थी के रोल में था। वह हर हाल में सत्तू की बीमारी को जानना चाहता था। ऐसा नहीं कि सौरभ को सत्तू से बहुत हमदर्दी थी, लेकिन उसकी मौत की वजह उसे पच नहीं रही थी। रह-रहकर मन में एक आशंका जन्म ले रही थी कि जैसा वो सोच रहा है अगर वही सच है तो उसकी सारी मेहनत और शोध गंगा में मिल जाएँगे।

सत्तू के घर पर उसकी पत्नी जानबी चुपचाप एक कोने में बैठी हुई थी। सत्तू को मरे हुए एक हफ़्ता बीत गया था, इसलिए घर के लोगों के अलावा बाक़ी और कोई बचा नहीं था। वैसे तो घर के लोगों के नाम पर भी अब कोई नहीं रहा। उसकी बूढ़ी माँ थी और एक दूर के चाचा थे। बाक़ी सत्तू के परिवार वाले उससे दूरी ही बनाकर रखना पसंद करते थे। इसलिए अंतिम संस्कार की औपचारिकता निभाकर वो लोग भी जा चुके थे। दो कमरों के उस झोपड़ीनुमा घर में बड़ा-सा आँगन था। जिसमें एक किनारे पर मुर्ग़ियों का दड़बा रखा हुआ था, जो पूरी तरह से ख़ाली था। उसी के पास कुछ सिल्लीनुमा पत्थर रखे हुए थे। आँगन के दूसरे कोने में कुछ सब्ज़ियाँ उगी हुई थीं। और घाट के किनारे घर होने की वजह से आँगन से लहरों के साथ मेल करने को आतुर सत्तू की

बजरी भी नज़र आ रही थी। जब फेरी नहीं चल रही होती तब वह अपनी बजरी से दियारा में मौजूद छोटी-सी जोत देखने चला जाता था। बाक़ी टाइम उसकी बजरी आँगन में उल्टी पड़ी रहती।

घर के अंदर सामान के नाम पर उतना ही सामान था जिससे कि बस गुज़र-बसर चल जाए। सत्तू की बहुत ज़्यादा उम्र नहीं थी, यही कोई 35-36 साल का रहा होगा। जानबी उससे पूरे आठ साल छोटी थी। घर में कोई बच्चा नहीं था। सारी दुनिया के सामने इसकी वजह जानबी का बाँझ होना था, वहीं शायद सत्तू ही असलियत बेहतर जानता था। ये वो असलियत थी जो कई सारी हक़ीक़तों के साथ मिलकर एक ऐसी प्रताड़ना का कारण बन चुकी थी जिसे जानबी हर पल जीती थी। वो सत्तू के जाने से दुखी थी, मगर उतना ही दुख जितना किसी की जान जाने पर होता है।

आठ साल की उनकी शादी में सत्तू ने उसे शाम की मार और बिस्तर की दरकार से ज़्यादा कुछ नहीं समझा। सत्तू का रोज़ शाम को शराब पीकर आना और अपनी पत्नी पर ग़ुस्सा निकालना किसी से छिपा नहीं था। ऐसा नहीं था कि सत्तू कोई बुरा आदमी था। बस परिस्थितियों ने कुछ ऐसा पलटा खाया था कि शादी के बाद से ही चीज़ें बिगड़ने लगी थीं। अपनी बिगड़ी हालत को सुधार ना पाने की झुंझलाहट और अपने अंदर की कमी को छिपाने के लिए उसने ख़ुद को मर्द साबित करने का सरल तरीक़ा ढूँढ निकाला था। वो तरीक़ा रोज़ कभी डंडे के रूप में तो कभी हाथों-लातों से जानबी की पीठ पर तो कभी गाल पर निशान छोड़ जाता।

वहाँ रहने वाला हर बाशिंदा जानबी के सीधेपन से वाक़िफ़ था। गाँव का कोई भी व्यक्ति उसकी दिनचर्या बता सकता था। अक्सर चुप रहने वाली जानबी को बीते सालों में किसी ने ठीक से हँसते हुए भी नहीं देखा था। आज भी वह चुप ही तो थी, हमेशा की तरह। अकेले शून्य को निहारते उसका मन उस दिन को याद करने लगा जब वह पहली बार ससुराल आई थी।

जानबी के परिवार में फ़ाक़ाकशी का आलम था। एक वक़्त के बाद दूसरे वक़्त की रोटी मिल जाए तो नसीब की बात थी। पिता बचपन में ही चल बसे थे, अब तो उनका चेहरा भी उसे याद नहीं। दो बड़े भाई थे, एक खेतों में मज़दूरी करता था और दूसरा एक दिन घर से भाग गया तो वापस

ही नहीं आया। बाद में खेत में काम करने वाले भाई को भी किसी बीमारी ने खा लिया। लल्लन सिंह के खेत में दिनभर पिचकारी वाली दवा डालता रहता था, कहते हैं कि वही दवा उसकी साँसों में चली गई थी। अब घर में सिर्फ़ जानबी और उसकी माँ रह गई। एक दूर के चाचा थे जिनसे जानबी की माँ हमेशा दूरी बनाकर रखती। क्योंकि उनकी दिलचस्पी बड़ी हो रही जानबी में ज़्यादा थी। वो उसे धौल जमाने या उस पर प्यार जताने का मौक़ा ढूँढते रहते। धीरे-धीरे ये बातें जानबी को भी समझ में आने लगीं। अब वो चाचा के आते ही इधर-उधर हो जाती। चाचा की हरकतों और हालात से हारी हुई जानबी की माँ को एक दिन गाँव के ही जानने वाले ने सत्तू के बारे में बताया। सत्तू उनकी किसी रिश्तेदारी में आता था। ख़ुद का घर और फेरी की नौकरी। ठीक-ठाक आमदनी थी। घर पर सगा कहने वाला कोई नहीं था। जो भाई थे वो साथ नहीं रहते थे। माँ-बाप पहले ही गुज़र चुके थे। बस थोड़ी शराब पीने की आदत थी। उनके कुनबे में शराब पीना बुरी बात नहीं थी इसलिए जानबी की माँ को कोई आपत्ति भी नहीं थी। वैसे भी जानबी अब सिर का बोझ बन चुकी थी। उन्होंने एक मुलाक़ात के बाद जानबी की शादी तय कर दी और शादी हो भी गई। हालाँकि जानबी शादी करके अपनी माँ को अकेले नहीं छोड़ना चाहती थी। गाँव में रहते हुए अपनी लगन से वो पढ़ना-लिखना भी सीख गई थी। उसके गाँव के प्राइमरी स्कूल वाले मास्साब के यहाँ वो साफ़-सफ़ाई करने जाती थी, वही अक्सर उसे कोई-ना-कोई किताब पढ़ने के लिए दे दिया करते थे। मास्साब हमेशा कहते- 'जानबी, पढ़ाई ही काम आती है।'

लेकिन ना मास्साब की किसी ने सुनी ना जानबी की, और शादी हो गई। वो दहेज में अपने साथ कुछ किताबें ले आई थी। बाक़ी सत्तू के घर में माँग करने वाला कोई था नहीं, सत्तू को कुछ ऐसा विशेष लालच भी नहीं था। तो कुल मिलाकर आराम से शादी हो गई। पहले दिन जब वो अपना घर छोड़कर सत्तू के घर पहुँची तो वो बेहद डरी हुई थी। सत्तू के चंद रिश्तेदार मौजूद थे। सत्तू ने उसे अंदर कमरे में बैठाया और वो बाहर अपने रिश्तेदारों और साथियों के साथ बैठकर शराब पीता रहा। जानबी अंदर कमरे में बैठी रही और वो शराब पीता रहा। बाद में काफ़ी रात बीतने पर जब जानबी ऊँघने लगी, तब वो लड़खड़ाता हुआ कमरे में दाख़िल हुआ। उसकी इस हालत ने जानबी के

अंदर एक सिहरन भर दी। वो सँभलकर जानबी के बग़ल में बैठा और धीरे से उसके गाल पर एक हाथ रखा। जानबी अंदर तक काँप रही थी। सत्तू ने दूसरा हाथ आगे बढ़ाया और उसके दूसरे गाल पर रखा। अब उसका चेहरा सत्तू के दोनों हाथों की गिरफ़्त में था। वो उसे अपनी नशे में चूर आँखों से, जो मुश्किल से खुल पा रही थीं, देख रहा था। फिर वो धीरे-धीरे उस पर हावी होने लगा। लेकिन चंद ही पलों में नींद की आग़ोश में समा गया। उसका शरीर अभी भी जानबी पर ही पड़ा हुआ था। जानबी ने उसे उठाने के लिए ज़ोर लगाया और उसे दूसरी तरफ़ धकेल दिया। वो एक लाश की तरह दूसरी तरफ़ लुढ़का और उसके हाथों से लगकर पास पड़ा हुआ लोटा छन्न से ज़मीन पर गिरा।

जानबी चौंककर यादों से वापस लौट आई। सामने उसकी माँ नीचे गिरे हुए पानी के गिलास को उठा रही थी। जानबी चुपचाप बिखरे हुए पानी को देख रही थी, जो धीरे से दरवाज़े से बाहर निकल रहा था। वो पानी की धार को देख रही थी। तभी उसे धार के सिरे पर दो जूते नज़र आए। उसने चौंककर ऊपर नज़र की तो सामने जींस और टी-शर्ट पहने एक शख़्स को खड़ा पाया। पहली नज़र में डॉ. सौरभ किसी बड़े सरकारी अफ़सर की तरह ही दिखते थे।

सौरभ जानबी के सामने बैठा हुआ था। वो अपना परिचय जानबी को दे चुका था। जानबी को अपना परिचय देने की ज़रूरत नहीं थी। कुल मिलाकर एक चुप्पी भी उनके साथ आसन जमाए हुई थी। सौरभ को समझ नहीं आ रहा था कि बात कहाँ से शुरू करे। जो बात वो जानना चाहता था, उसके लिए ये वक़्त ठीक नहीं था। लेकिन अभी नहीं जानेगा तो वक़्त निकल जाएगा।

उहापोह की स्थिति थी। वैसे भी किसी की मौत पर उसके घर जाकर सांत्वना देना कठिन काम होता है। ऐसे में कई बार बस शांत बैठकर जो चला गया है उसके क़रीबी की नज़रों में झाँक लेना भर काफ़ी होता है। सौरभ बात शुरू करने के लिए अंदर से शब्द इकट्ठा करने में लगा हुआ था। तभी जानबी की माँ स्टील की एक प्लेट में दो कप चाय, एक गिलास पानी और कुछ ग्लूकोज़ के बिस्किट ले आई। सौरभ ने उनकी तरफ़ एक नज़र डाली और बिना किसी नानुकुर के चाय को उठाते हुए सीधा सवाल दागा कि सत्तू को ये छाले कब से निकल रहे थे? जानबी ने बताया कि छह महीने से ज़्यादा हो

गया था। सौरभ ने फिर अपना सवाल उसके सामने रखा कि इसकी शुरुआत कब से हुई? जानबी ने बताया कि उसे छह महीने पहले ही पता चला था।

सौरभ समझ नहीं पा रहा था कि पति के शरीर के बारे में पत्नि को कैसे नहीं पता चल पाया। उसने बातों को सहज करने के लिए उनका रुख़ दूसरी तरफ़ मोड़ा और परिवार के बारे में पूछने लगा। जानबी बहुत ही कम शब्दों में अपनी बात कह रही थी, जैसे किसी बच्चे को उसकी पंसदीदा सब्ज़ी तो मिली हो, लेकिन मात्रा में कम हो और बच्चा उस सब्ज़ी को रोटी के साथ सँभाल-सँभाल के खा रहा हो, ताकि सब्ज़ी कम ना पड़ जाए। जब सौरभ ने उससे पूछा कि उसके बच्चे नज़र नहीं आ रहे हैं। तब जानबी ने घुटने में घुसाए हुए अपने मुँह को ऊपर करते हुए कहा- "मैं बाँझ हूँ।"

जानबी ने जवाब देने के साथ ही सौरभ से नज़रें मिलाई। इतनी देर की मुलाक़ात में ये पहली बार था जब सौरभ और जानबी की नज़रें एक-दूसरे से टकराई थीं। इस जवाब ने सौरभ को असहज कर दिया था। लेकिन उसके अंदर का रिसर्चर उसे बार-बार उकसा रहा था। उसने फिर हिम्मत करते हुए पूछा कि उसे किसने बताया कि वो बाँझ है? जानबी ने फिर एक शब्द अंदर से खींचकर निकाला और उसके सामने रख दिया- "लोगों ने।"

सौरभ ने जब उससे पूछा कि क्या कभी वो किसी डॉक्टर के पास गई थी तो जानबी ने पहली बार अपनी बात लंबी करते हुए कहा- "उससे क्या फ़र्क़ पड़ता है, बाँझ तो औरत ही होती है।"

हालाँकि ये सब बातें सौरभ के मतलब की नहीं थी, लेकिन पता नहीं क्यों उसे लग रहा था कि वो इस बात को जाने। जानबी भी उसकी बातों का जवाब दिए जा रही थी। ऐसा नहीं था कि उसे अंदर से ग़ुस्सा नहीं आ रहा था, लेकिन एक कमज़ोर और आत्मविश्वास की कमी रखने वाला इंसान अपनी किसी भी भावना को खुलकर ज़ाहिर नहीं कर पाता। चाहे विरोध हो या सहमति वो मुखर होकर बोलना तो चाहता है, लेकिन उसके अंदर बैठा हुआ एक डर उसे बार-बार ऐसा करने से रोकता है। और कहीं उसने अपने सामने बैठे हुए इंसान को अपने से ऊँचा और बेहतर मान लिया है, तो वो ख़ुद को समर्पित कर देता है। उसके अंदर की बची हुई ताक़त भी जाती रहती है। जानबी के साथ भी ऐसा ही हो रहा था। वो ना चाहते हुए भी बातों के जवाब दिए जा रही थी।

अचानक सौरभ को लगा कि शायद कुछ ज़्यादा हो गया। उसने उठते हुए जानबी से कहा कि वो उन्हें परेशान नहीं करना चाहता। वो पिछले कई सालों से पानी पर काम़ कर रहा है, सत्तू की मौत जिस वजह से हुई उससे उसे थोड़ी हैरानी हुई कि सत्तू इस तरह कैसे मर सकता है। इसलिए वो यहाँ बात करने आया था जिससे यहाँ ज़मीन के अंदर या आस-पास कुछ ऐसा हो जो औरों को नुक़सान पहुँचा सकता हो तो उसकी जानकारी मिल सके। जानबी ने उसकी बातों से सहमति में गर्दन हिला दी, लेकिन बोली कुछ नहीं। सौरभ ने उन दोनों को नमस्ते किया और बाहर निकलने लगा, फिर वो रुका जैसे अचानक कुछ याद आ गया हो। उसने पलटकर जानबी से कहा कि क्या उसे सत्तू के इलाज वाले काग़ज़ मिल सकते हैं? जानबी ने अपनी माँ की तरफ़ देखा, उसकी माँ कुछ देर के लिए रुकी लेकिन जानबी के लगातार देखने के इशारे को समझ गई और पास पड़ी हुई पेटी खोलकर अंदर से एक फ़ाइल निकाली और सौरभ को पकड़ा दी। सौरभ ने फ़ाइल को लिया और जानबी से कहा कि वो इसकी फ़ोटोकॉपी करके लौटा देगा। जानबी ने कहा, "कोई ज़रूरत नहीं है, ये मेरे किसी काम की नहीं।"

सौरभ ने उसकी बात का कुछ जवाब नहीं दिया और वो मुड़कर बाहर निकल गया। शाम का धुंधलका बाहर फैल चुका था। वो सत्तू के घर के आँगन को पार कर रहा था। एक किनारे पर एक गाय बँधी हुई थी जो पास पड़ी हुई घास को चरने में मशग़ूल थी। दूसरी तरफ़ ख़ाली पड़े मुर्ग़ी के दड़बे के आस-पास बस थोड़े से पंख पड़े हुए थे। पास में ही एक-दो सिल्लियाँ पड़ी हुई थीं, जिस पर मसाले को पीसने के निशान थे। सौरभ पल भर के लिए रुका। पीछे से जानबी की माँ की आवाज़ आई, "एगो समय रहे जब ई दरबा एकदम भरल रहत रहे। सत्तू रोज रात के पी के आवत रहे। आऊर जानबी यही दरबा से एगो मुर्गी निकाल के पका के वोकरा खियावत रहे। मुर्गी खातिर मसाला भी उ यहिजे पीसत रहे। कोनो बात के कमी ना रखले रहे सत्तू।" माँ ने भी मरे हुए दामाद की तारीफ़ की।

वैसे मीट के लिए बाहर तैयारी करना लगभग सभी गाँवों में एक चलन है, चाहे फिर वो कोई भी जात क्यों ना हो। मीट को हमेशा रसोई से बाहर ही तैयार किया जाता रहा है। ये सब सामान्य बातें थीं लेकिन सौरभ ख़ाली दड़बे

के बारे में सोच रहा था। उसने अपनी जिज्ञासा शांत करने के लिए जानबी की माँ से पूछ ही लिया, "दड़बा ख़ाली क्यों पड़ा है, बची हुई मुर्ग़ियाँ कहाँ चली गईं?" जानबी की माँ ने बताया कि किस तरह पास ही में रहने वाला ख़ालिद, जो अक्सर हमसे मुर्ग़ियाँ ले जाया करता था, सत्तू की मौत के बाद सांत्वना देने आया और सांत्वना के शब्दों में सत्तू के क़र्ज़ की बात भी लिपटी हुई थी। जानबी ने चुपचाप दड़बा खोलकर सारी मुर्ग़ियाँ निकालकर उसे दे दी। सौरभ पूरी तन्मयता से सुन रहा था। वो दड़बे के पास गया और थोड़ी देर उसने उसे देखा फिर वापस जाने लगा। फिर अचानक रुका और झुककर अपना जूता ठीक करने लगा। उसके जूते में कुछ गड़ रहा था उसने जूते को निकाला और झटककर दोबारा पैर में डाल लिया और जानबी की माँ को एक बार और नमस्ते करके बाहर निकल गया।

पटना शहर के अंदरूनी हिस्से में मौजूद गाँव के लोगों की तीमारदारी करने वाला शहर का सरकारी अस्पताल, जहाँ पर दरवाज़े से अंदर घुसते ही तमाम तरह की आयुष्मान भारत जैसी योजनाओं को मुँह चिढ़ाया जा रहा था। जहाँ के शौचालय स्वच्छ भारत अभियान की अस्वच्छ तस्वीरें पेश कर रहे थे। अस्पताल में महीनों से इलाज करवाते मरीज़ों के परिजनों ने यहीं कहीं कोने में, किसी सीढ़ी के नीचे तो कहीं शौचालय के क़रीब या फिर वेटिंग रूम में अपनी गृहस्थी बसा ली थी। एक कोने में परिजनों के बिस्तर जमे हुए थे। वहीं किसी दूसरे कोने में छोटा-सा किचन तक बन गया था। वार्ड के अंदर एक बिस्तर पर दो-दो मरीज़ लेटे थे और कुछ वार्ड के बाहर स्ट्रेचर पर थे, जिनके रिश्तेदार एक हाथ ऊँचा किए मरीज़ को लगी हुई ग्लूकोज़ की बॉटल पकड़े हुए थे। मरीज़ों को दिया जाने वाला खाना भी अपनी तक़दीर को कोस रहा था। पूरे बरामदे में बिखरी पड़ी विकसित होते भारत की तस्वीर को लाँघते हुए डॉक्टर इलाज करने में तल्लीन थे। नर्स और दूसरे कर्मचारी भी दवाई ले जाने वाली गाड़ियों से लेकर खाना देने वाली गाड़ी के भीड़ के बीच में चलने को लेकर इस क़दर अभ्यस्त थे कि मजाल है किसी के पैरों पर एक पहिया भी चढ़ जाए। इसी विकास के रास्ते से गुज़रते हुए अस्पताल के वरिष्ठ और कर्मठ डॉक्टर सेनगुप्ता के कमरे तक पहुँचा जा सकता था। सेनगुप्ता पिछले 15 सालों से इस अस्पताल में मौजूद थे। वो ना शासन से कोई शिकायत

करते और न ही शासन उनकी सुध लेता। कुल मिलाकर दोनों ही अपना-अपना काम करने में लगे हुए थे। इस इलाक़े में सेनगुप्ता की पहचान एक ईमानदार और शानदार कैंसर विशेषज्ञ के रूप में थी। उनके पास आए मरीज़ को आख़िरी दम तक अपने बचने की उम्मीद बनी रहती थी। ख़ास बात ये थी कि शासन उन्हें उनके काम के लिए जो दे रहा था उससे ज़्यादा उन्होंने कभी किसी से लेने की कोशिश नहीं की। हाँ अपने काम को लेकर वो ज़रूर संजीदा थे। कभी कोई उनके काम पर प्रश्नचिह्न लगा देता तो फिर वो कोई, चाहे जो हो, उसे बाहर का रास्ता देखना पड़ता। तमाम अभावों से लैस इस अस्पताल में वो पिछले 15 सालों से मरीज़ों को बचा रहे थे। उन्हें सिर्फ़ दो ही बातों का शौक़ था, समय मिलते ही पढ़ने का और शाम को पीने का। इस वक़्त भी वो अपने टेबल के पीछे किसी किताब में सिर घुसाए हुए थे। तभी उनके दरवाज़े पर दस्तक हुई, उन्होंने पहली बार हाथ से अंदर आने का इशारा किया लेकिन अपनी गर्दन ऊपर नहीं उठाई। जब दूसरी बार दस्तक हुई तो उन्होंने लगभग नाराज़ होते हुए अपनी गर्दन को मुश्किल से हिलाते हुए सिर को ऊपर उठाया। वो अपनी नाराज़गी ज़ाहिर करने ही वाले थे कि सामने मुस्कुराते हुए चेहरे को देखकर चुप होकर फिर पढ़ने लगे।

दरवाज़े पर खड़े हुए सौरभ ने उनके इशारे को समझ लिया और अंदर आ गया। सामने रखी कुर्सी को खींचकर वो बैठा और सेनगुप्ता के सामने एक फ़ाइल सरका दी। सेनगुप्ता ने अपनी नज़रों को किताब से सरकाते हुए फ़ाइल पर टिका दिया। थोड़ी देर फ़ाइल पलटने के बाद वो सौरभ से मुख़ातिब हुए। "इस पेशेंट का इलाज मेरे ही देख-रेख में हुआ था लेकिन तुम जानना क्या चाहते हो?"

सौरभ कैंसर की वजह जानने आया था। डॉक्टर सेनगुप्ता ने बताया कि इस मरीज़ को आर्सेनिक की वजह से कैंसर हुआ था। सौरभ ने जब उनसे ये जानने की कोशिश की आर्सेनिक उसके शरीर में कैसे आया, इसकी कोई जानकारी मिल सकती है? तब सेनगुप्ता ने बताया कि यहाँ पर ऐसी लैब नहीं है जिससे ये पता चल सके कि मरीज़ के शरीर में आर्सेनिक कैसे आया, लेकिन फिर भी अपने अनुभव और केस को देखते हुए डॉक्टर सेनगुप्ता का ये मानना था कि शायद इसकी वजह लंबे समय तक थोड़ा-थोड़ा आर्सेनिक

शरीर में जाना था। और उनके मुताबिक़ ये आर्सेनिक मरीज़ के शरीर में खाने या पीने से गया है। इसके पीछे उन्हें कोई और कारण नज़र नहीं आ रहा था। सौरभ उनकी बात ध्यान से सुन रहा था फिर वो कुछ सोचते हुए उठा और उसने डॉक्टर से जाने की इजाज़त ली। सेनगुप्ता बोले, "शाम को घर में बढ़िया भैटकी और भात बनने वाला है। आइए बैठा जाए और ख़ाली हाथ मत आइएगा।" सौरभ ने हँसते हुए कहा, "मैं विदेश से आया हूँ तो ख़ाली हाथ कैसे आ सकता हूँ?"

सेनगुप्ता बोले, "मुझे पता है, फिर भी याद दिलाना फ़र्ज़ बनता है।"

सौरभ शाम को डॉक्टर सेनगुप्ता के घर पर बैठा तली हुई मछली के साथ व्हिस्की पी रहा था। आर्सेनिक पर उसकी शोध के बारे में चर्चा चल रही थी। वो डॉक्टर को बता रहा था कि किस तरह बलिया वाले इलाक़े में आर्सेनिक का असर विकराल होता जा रहा है और सरकारें उसे नज़रअंदाज़ करने में लगी हैं।

डॉक्टर सेनगुप्ता ने उसकी बात को आगे बढ़ाते हुए कहा, "मेरे इलाक़े में तो कैंसर के दूसरे कारण ज़्यादा आ रहे हैं।" सौरभ ने हामी में सिर हिलाया फिर बोला, "लेकिन सत्तू की मौत समझ नहीं आ रही।"

सेनगुप्ता बोले, "एईटा ते ना बोझार मौतोण की आछे। आर्सेनिक थेके ऐतो मृत्यू होबे, ओ एईरोकोम ई मोरें छे। तुमि एईटा नियें एतो माथा कनो खाराप कोर्छो?" अक्सर दो पैग लगाने के बाद सेनगुप्ता अपनी मातृभाषा बोलने लगते थे। सौरभ और उनकी, दोनों की जड़ें पश्चिमी मिदनापुर में हैं। सेनगुप्ता वास्तव में इस बात से झल्ला रहे थे कि सौरभ इस केस में इतनी दिलचस्पी क्यों ले रहा था।

"वो इसलिए क्योंकि मेरे शोध में सत्तू और उसके आस-पास के भूजल में आर्सेनिक नहीं है। साइंस जर्नल में छपे मेरे पेपर में भी यह बात है। यदि वह आर्सेनिक से मरा तो मेरी पूरी रिसर्च ही ग़लत हो गई। और उसके परिवार के लोगों को या आस-पास वालों को यह समस्या क्यों नहीं हुई?" सौरभ ने उस फ़्लो में जवाब दिया।

अब सेनगुप्ता मामले की गंभीरता को समझ गए, थोड़ा सामान्य होकर बोले, "आर्सेनिक आशार आरो ओनेक कारोण होते पारे। अमादेर प्रोयोगशाला

ऐतो उन्नतो ना जे एईतार बिशोये जानते पार्बे। किंतू तुमि चिंता कोरो ना, एक्टा केस तोमर गोबेशनाये कोनो बाधा आश्बे ना।"

सौरभ ने हामी में सिर हिलाते हुए अपना गिलास ख़त्म किया। बचपन से ही बाहर रहने के कारण उसकी बांग्ला में पकड़ उतनी अच्छी नहीं थी, फिर सेनगुप्ता के यह समझाने पर कि एक केस से रिसर्च पर फ़र्क़ नहीं पड़ेगा, उसे थोड़ी राहत मिली।

खाना लग चुका था। अब दोनों चुपचाप खाना खा रहे थे। सौरभ मछली में फँसे हुए काँटे को निकालकर उसे मुँह में डालने ही वाला था कि तभी डॉक्टर सेनगुप्ता ने सौरभ को इस तरह बुलाया जैसे उन्हें कोई ख़ास बात याद आ गई हो। उन्होंने सौरभ के सामने खुलासा करते हुए बताया, "आमार अनुभव तेके बोलते पाड़ीजे सत्तू र शोरीरे एई आर्सेनिक कोनो सीधा स्त्रोत तेके आशे नी।"

"डायरेक्ट सोर्स से नहीं आया मतलब ?" बोलते-बोलते मछली का एक काँटा सौरभ के गले में फँस गया। उसने गले को साफ़ किया लेकिन जब कुछ नहीं हुआ तो उसने तुरंत थोड़ा-सा सूखा चावल निगलते हुए काँटे को गले से नीचे उतारा और इस बात को चौंकते हुए दोहराया कि क्या सेनगुप्ता दावे के साथ ये कह सकते हैं कि ये डायरेक्ट सोर्स से नहीं था? डॉक्टर ने कहा कि दावे से तो कहना मुश्किल है लेकिन जब सत्तू इलाज के लिए मेरे पास आया तो उसकी हालत को देखते हुए उन्हें ऐसा लगा। उनका अनुभव भी यही कहता है कि ये डायरेक्ट सोर्स नहीं था। सौरभ अच्छी तरह जानता था कि डायरेक्ट सोर्स नहीं होने का मतलब था कि सत्तू के शरीर में जाने वाला आर्सेनिक सीधे उसके शरीर में नहीं डाला गया था बल्कि किसी और चीज़ में डाला गया था, फिर वह सत्तू के शरीर में पहुँचा था। इस बात ने सौरभ के दिमाग़ के सारे तार खोल दिए थे।

सौरभ अपने दफ़्तर में बैठा हुआ था। उसके टेबल पर चारों तरफ़ काग़ज़ बिखरे पड़े थे। उनके बीच किसी काग़ज़ में मुँह घुसाए सौरभ कुछ पढ़ रहा था। वहाँ चारों ओर बिखरी हुई फ़ाइलों के अंबार को देखकर अच्छा-ख़ासा पढ़ने-लिखने वाला आदमी चकरा सकता था। ऐसा लग रहा था जैसे पेंडिग फ़ाइलों के मामले में वो सरकारी दफ़्तर को सीधी टक्कर दे रहा है। ऐसा नहीं

था कि सौरभ के यहाँ कोई काम करने वाला नहीं था, कोई ऐसा अभाव भी नहीं था, जिसकी वजह से वो इसे बिखेरकर समेट नहीं पा रहा हो। दरअसल उसे बिखराव ही भाता था। ऐसे माहौल में वो अच्छे से काम में ध्यान लगा पाता था। अभी भी वो अपने चारों तरफ़ काग़ज़ों को बिखेरकर उसके समुंदर में किसी मोती की तलाश में गोते लगा रहा था। तभी एक लड़का अख़बारों के बंडल के साथ धड़धड़ाते हुए अंदर घुसा और उसने सौरभ के सामने अख़बारों के उस बंडल को लगभग पटक दिया। यह कौशल था जो सौरभ का असिस्टेंट-कम-कुक-कम-ऑफ़िस-इंचार्ज-कम-ओवरऑल केयर टेकर था। सौरभ ने उसकी तरफ़ घूरकर देखा तो वो खीस निपोरकर बाहर निकल गया। थोड़ी देर में वो फिर एक बंडल के साथ अंदर आ रहा था। फिर सौरभ के कुछ कहने से पहले ही बोला, "जितना मिल सकता था सारे अख़बार ले आया हूँ।" कहते हुए वो धप्प से अख़बार के ऊपर ही बैठ गया।

सौरभ ने फिर उसे घूरकर देखा तो इस बार कौशल को उसके घूरने का मक़सद समझ नहीं आया। उसने मासूम चेहरा बनाते हुए सौरभ की तरफ़ देखा। सौरभ ने उसे इशारे से उसे अख़बार से उठने को कहा। वो धीरे से उठा फिर अचानक जोश में आकर उसने सौरभ से पूछा, "क्या तुम चाय पीना चाहते हो?" सौरभ को इसमें इनकार करने जैसा कुछ भी नहीं लगा तो उसने हामी भर दी।

कौशल तेज़ी से बग़ल में बने हुए किचन में चाय बनाने में जुट गया। कौशल की हरकतें ज़रूर बेवक़ूफ़ों जैसी थीं लेकिन उसके पास बहुत पैनी नज़र थी। उसके होने से सौरभ को बहुत मदद मिलती थी, इसलिए सौरभ उसकी कई बेवक़ूफ़ियों को नज़रअंदाज़ करता चलता था। सौरभ ने उसे कुछ निर्देश देकर लोकल अख़बार ढूँढकर लाने को कहा था। ये वही अख़बार थे जिन्हें कौशल लेकर आया था। सौरभ दोबारा काग़ज़ों में मुँह घुसाने को ही था कि तभी कौशल चाय बनाकर ले आया था।

चाय की चुस्कियाँ लेते हुए सौरभ ने कौशल को कहा, "सारे अख़बारों को पलटो और उसमें अपने काम की कुछ ख़बर हो तो बताओ।" कौशल का चुस्कियाँ लेना एकदम से रुका, सौरभ ने उसकी तरफ़ सवालिया निशान का भाव बनाते हुए उसकी नानुकुर के बारे में जानना चाहा तो उसने तुरंत सँभलते

हुए बताया कि ये काम काफ़ी उबाऊ है। सौरभ ने उसे समझाया कि बारीक बातों को पकड़ना ही असली रिसर्च है। यदि वो एक अच्छा स्कॉलर बनना चाहता है तो उसे गहराई में जाना होगा। इस तरह कौशल में हवा भरकर सौरभ अपने काम में लग गया और कौशल भी बेमन से अख़बार पलट रहा था। किसी अख़बार को वो एक तरफ़ रखता तो कुछ अख़बारों को दूसरी तरफ़ रख रहा था। काफ़ी देर हो गई थी। अख़बार का एक बंडल ख़त्म हो चुका था और दूसरा शुरू हो गया था। तभी अख़बार में छपी हुई एक ख़बर को देखकर कौशल ठिठका और उसने सौरभ की तरफ़ अख़बार बढ़ाते हुए उससे जानना चाहा कि क्या वो ख़बर उसके किसी काम की थी? सौरभ ने अख़बार पर एक नज़र डाली उसमें दीनापुर के पास बन रहे पुल के टूटकर गिर जाने की ख़बर छपी थी। सौरभ ने अख़बार को हाथ में लेकर पूरी ख़बर को पढ़ना शुरू किया। ख़बर का लब्बोलुआब ये था कि गंगा पर बन रहे पुल के अचानक टूटकर गिर जाने से काफ़ी हलचल मची हुई थी। इस पुल के बन जाने से गंगा पार दीनापुर जाने में काफ़ी सहूलियत मिलने वाली थी। पुल के साथ विकास का यही फ़ॉर्मूला लगाया जा रहा था। लेकिन अचानक पुल के गिर जाने से अब हवा बदल चुकी थी। सौरभ ने कौशल को इस ख़बर से जुड़ी हुई और ख़बरों को निकालने को कहा। कौशल को भी लगा उसके हाथों कुछ काम का लग गया है, अब वो जोश के साथ ख़बरों को खँगालने लगा। हालाँकि उसे सौरभ से हमेशा ये शिकायत रहती कि वो इंटरनेट के इस युग में आख़िर अख़बारों में क्यों माथा खपाता था? सौरभ उसे समझाता था कि स्थानीय स्तर पर आने वाली ख़बरें अभी इंटरनेट पर ठीक से जगह नहीं बना सकी हैं। और शहर से छपने वाले छोटे पत्रकार और उनकी रिपोर्टिंग जिसे अक्सर नेशनल मीडिया किसी काम का नहीं समझता है, उन्हें इन्हीं अख़बारों में जगह मिलती है। ये वही ख़बरें होती हैं जो एक दिन किसी छोटे अख़बार से चुपके से उठा ली जाती हैं और राष्ट्रीय स्तर का बवाल मचा देती हैं। ये सब बातें कौशल के सिर के ऊपर से निकल जातीं। वो चुपचाप अपने काम में लग जाता। हर बार जब भी कभी अख़बार से कुछ ढूँढने की बात होती थी तो ये सीन रिपीट हुआ करता। दोनों ही इसके आदि हो चुके थे लेकिन फिर भी ये हर बार होता था। और ये भी कि कौशल हर बार काम की ऐसी ख़बरें ढूँढ ही निकालता था।

शाम तक की मेहनत के बाद ख़बरों का एक ख़ाका खिंच गया। जिसके मुताबिक़ पिलर टूटा, विकास का टनों मलबा गंगा में गाद बन गया, गंगा ने चुपचाप उसे पी लिया और विकास को विनाश मान रहे पर्यावरण कार्यकर्ताओं ने विरोध का बिगुल फूँका। उनके साथ फेरी-बजरी वालों के सुर भी मिल गए थे क्योंकि पुल कुछ जोड़ता है तो कुछ तोड़ता भी है। ऊपर से सहूलियत का रास्ता बन रहा था तो नीचे गंगा में फेरी वालों के लिए मुश्किल की लहरें उत्ताल हो गई थीं, इसलिए उन्होंने भी पर्यावरण कार्यकर्ताओं के साथ सुर में सुर मिला लिए थे। आंदोलनकारियों को भी अभी ज़्यादा आवाज़ें चाहिए थीं, इसलिए वो उनके समर्थन को समर्थन दे रहे थे। जबकि पुल बनने से पहले यही एक्टिविस्ट फेरीवालों की पूरी तरह जुगाड़ से बने इंजनों, जिसमें बड़ी मात्रा में केरोसीन का उपयोग होता है, के विरोध में रहते थे। फेरी चलाने वाला इस मामले में सैंडविच में फँसे खीरे की तरह होता था जो दोनों तरफ़ से दबा हुआ था। मालिक को मुनाफ़ा का आधा हिस्सा चाहिए होता था, बाक़ी आधे में से फेरी चलाने वालों को मेंटेनेंस और ईंधन का इस्तेमाल करना होता था। तो जुगाड़ के इंजन में जुगाड़ का ईंधन लगाया जाता था, जिसका बोझ भी गंगा ही सहन कर रही थी।

सौरभ के हाथ में पिलर गिरने की ख़बर वाला अख़बार मौजूद था, उसके दिमाग़ में कई बातें एक साथ चल रही थीं। वो उलझे हुए धागों को सुलझाने की कोशिश करने में लगा था। उसे एक सिरा तो मिला था लेकिन उसे पता नहीं था कि इस सिरे का दूसरा सिरा उसे अंत तक ले जाने वाला था या उलझे हुए धागों के अंदर ही कहीं इसका दूसरा सिरा खोने वाला था।

सौरभ सत्तू के घर पर बैठा हुआ था। अभी तक कोई बात शुरू नहीं हुई थी। पाँच मिनट बीत चुके थे। जानबी की माँ चाय बना रही थी। जानबी हमेशा की तरह बस चुपचाप बैठी हुई थी। सौरभ पिछले पाँच मिनट में क़रीब दस बार, आने और परेशान करने के लिए माफ़ी माँग चुका था। जानबी ने उसकी किसी भी माफ़ी पर कोई प्रतिक्रिया नहीं दी थी, वो बस चुपचाप थी। सौरभ ने आख़िर पहल करते हुए बात शुरू की और जानबी से जानना चाहा कि क्या बीते दिनों कोई ऐसी बात हुई थी जिसने सत्तू को परेशान कर रखा था? जानबी

थोड़ी देर चुप रही फिर उसने सौरभ की आँखों में झाँका। उसका इस तरह देखना सौरभ को असहज करने लगा। वो थोड़ी देर तक सौरभ को देखती रही फिर उसने धीरे से बताया, "बीते दिनों पैसों की बहुत मारा-मारी हो गई थी। सत्तू की कमाई दिन-पर-दिन कम होती जा रही थी। फेरी में केरोसिन डालकर चलाने को लेकर कुछ लोग फेरी बंद करवाने की धमकी दे रहे थे। कहते थे गंगा को नुकसान हो रहा है। तेल के दाम तो बढ़ गए थे लेकिन किराया नहीं बढ़ रहा था। पहले लोगों को उस पार जाने के लिए मजबूरी में फेरी लेनी पड़ती थी। चप्पू वाली नाव से जाने में वक़्त लगता था, वहीं फेरी जल्दी से पहुँचा देती थी। लेकिन पुल बनते ही कम हुई कमाई भी लगभग जाती रही। उस पर बीमारी की वजह से सत्तू और चिड़चिड़ा हो गया था। उस दिन तो हद ही हो गई थी..." कहते-कहते जानबी कहीं खो गई।

...शाम हो चुकी थी। जानबी सामने बह रही गंगा से पानी भरकर लाई और उसे आँगन में रखकर वो वहीं दड़बे के किनारे बैठ गई। दड़बे में मुर्ग़ियों ने फड़फड़ाना शुरू कर दिया था। मुर्ग़ियों को पता चल गया था कि उनका कोई साथी उनसे बिछड़ने वाला है। लगभग हर दूसरे-तीसरे दिन शाम को जब जानबी मसाला पीसने के बाद मुर्ग़ियों को दाना देती थी तो उसका एक ही मतलब होता था कि आज दड़बे में एक मुर्ग़ी कम होने वाली है। उस दिन भी वो ऐसा ही कर रही थी। तभी सत्तू आँगन से अंदर आता हुआ दिखा। जानबी ने उसे देखा और फिर मसाला पीसने लग गई। वैसे तो मुर्ग़ियों का कटना, जानबी का पिटना, लगभग रोज़ मसाले का सिल पर और जानबी का अधूरापन लिए बिस्तर पर पिसना आम बात थी। लेकिन उस दिन सत्तू अपने आप में नहीं था। आकर उसने ना मुँह धोया न कपड़े बदलने अंदर गया। सीधे जानबी के पास आकर बैठ गया। थोड़ी देर तक उसे मसाला पीसते हुए देखता रहा। जानबी ने उसकी तरफ़ पलटकर भी नहीं देखा। जानबी की चुप्पी हमेशा सत्तू को और परेशान कर देती थी। वो जानता था कि वह जानबी पर ज़्यादती करता था। दरअसल ज्वालामुखी फटने के लिए हमेशा नर्म ज़मीन तलाशती है। अपनी कमी और कमाई में कमी, दोनों ने सत्तू को निराशा से भर दिया था। मर्द था तो ग़ुबार निकालने के लिए समाज ने उसे बीवी के रूप में एक पंचिंग बैग दे दिया था, जिस पर अपने घूँसों की बरसात कर वह अपने अंदर के लावे को

बहा देता। ऐसे में लगातार मार खाकर और इतना परेशान होने पर भी जानबी का कोई प्रतिक्रिया ना देना, ना रोना, ना चिढ़ना और ना ही चेहरे पर कभी मुस्कुराहट लाना, ये बातें सत्तू की तिलमिलाहट को दोगुना कर देतीं। उस दिन भी जब जानबी ने उसे पलटकर नहीं देखा तो सत्तू अपना आपा खो बैठा और उसने मसाला पीसती हुई जानबी की कमर पर एक लात मारी तो वो अपने मसाले में ही लिपटकर ज़मीन पर दूसरी तरफ़ गिर पड़ी। लेकिन हमेशा की तरह उसने कुछ नहीं कहा, चुपचाप उठी और ख़ुद को साफ़ करने के लिए पानी की तरफ़ बढ़ने लगी। इसके बाद तो सत्तू ने आव देखा ना ताव, बस ताबड़तोड़ जानबी पर घूँसे बरसाने लगा। जानबी दर्द से ख़ूँगर होकर अपने रंज मिटा चुकी थी या कुछ और बात थी जो उसने आज तक किसी से नहीं कही थी। लेकिन इतनी मार के बाद उसका एक आँसू नहीं निकलता था। सत्तू ये चाहता था कि जानबी रोए, गिड़गिड़ाए उससे ज़ुल्म ना करने की भीख माँगे। दरअसल इस तरह से वो अपनी परिस्थितियों को ख़ुद के समक्ष झुकता हुआ महसूस करना चाहता था। वो आज तक सबके सामने झुकता ही तो आया था, ऐसे में कोई उसे मिला था जिसे वो अपने वश में करके गिड़गिड़ाने पर मजबूर कर सकता था, लेकिन जानबी के तेवर उसके अंदर की आग को और भड़का देते। ये आग उस दिन बुरी तरह भड़की हुई थी। सत्तू बस उसे मारे जा रहा था और बोले जा रहा था- "तू हमार जीवन उ पूल के जइसन नरक बना देले बा। हम तोहरा मिटा के रख देम। हम तोहरा के गंगा में बहा देम।"

मारते हुए उसने मसाला पीसने वाला पत्थर उठा लिया और वो जानबी पर मारने ही वाला था कि तभी जानबी की नज़र उससे मिल गई। पता नहीं क्या था जिसने एकदम से सत्तू को शांत कर दिया, उसने पत्थर को गिराया और चुपचाप अंदर चला गया। मसाला ज़मीन में मिल चुका था। एक मुर्ग़ी की जान कुछ दिन के लिए बच गई।

जानबी वर्तमान में लौट आई। सौरभ को शायद अपने सवाल का जवाब मिल गया था। उसने हाथ में पकड़ी हुई फ़ाइल को जानबी की ओर बढ़ाया और साथ ही अपना कार्ड देते हुए मदद का दिलासा दिया। जानबी ने कार्ड को ध्यान से देखा और पहली बार सहजता से बोली, "आप पीएचडी वाले डॉक्टर हैं?" सौरभ मुस्कुरा दिया तो बोली, "वो कार्ड पे लिखा है, डाक्टरेट

इन आर्सेनिक कंटेमिनेटेड इन ग्राउंड वाटर ऑन गंगा बेल्ट।"

सौरभ का हैरान होना स्वाभाविक था, क्योंकि उसका विज़िटिंग कार्ड अंग्रेज़ी में छपा हुआ था।

जानबी ही आगे बोली, "वो... बचपन से ही थोड़ा पढ़ने का शौक़ है। विज्ञान की किताबें बहुत अच्छी लगती हैं।"

सौरभ खड़ा हुआ और बोला कि कोई भी मदद चाहिए तो फ़ोन करना।

वो वापस लौटने के लिए घाट पर पहुँचा तो शम्स को अपनी नाव में लेटा पाया। सौरभ को देखकर वो खड़ा हुआ। उसके बैठने के लिए बजरी में रखी दरी ठीक करने लगा। नाव चल पड़ी। शम्स अपनी ही मौज में था लेकिन उसे इस बात का अंदाज़ था कि सौरभ लगातार इस तरफ़ क्यों आ रहा था। वह बोला, "पुल अगले कुछ सालों तक तो नहीं बन रहा। अब हम ही हैं। और बताइए, सत्तू की बीमारी के बारे में कुछ पता चला? वैसे तो गंगा मईया के पास हर बीमारी का इलाज है।" फिर सौरभ की प्रतिक्रिया का इंतज़ार किए बिना बोला, "आइए आपको पुल के पास घुमा लाता हूँ, गंगा मैया की गहराई में पुल की गाद के साथ कई बातें भी पड़ी हुई हैं।"

सौरभ ने कहा, "मेरी दिलचस्पी पुल के गिरने में नहीं है। मैं बस ये जानने की कोशिश कर रहा हूँ कि सत्तू की मौत इस तरह क्यों हुई?"

शम्स हल्का-सा मुस्कुराया, "अब सर जी, सत्तू की मौत का विज्ञान तो हमें नहीं पता लेकिन गणित थोड़ा-सा जानते हैं। वो भले ही हमारा दोस्त नहीं था, लेकिन साथी तो था। वो बीते दिनों काफ़ी परेशान था। वैसे परेशान तो हम सभी थे। एक तो ठेकेदार का लालच, और दूसरे खर्चे बढ़ते जा रहे हैं, कमाई धेले की नहीं। उस पर ये पुल चालू होकर और कमर तोड़ने वाला था। हम तो आपको यहाँ इसलिए ले आए क्योंकि हम इतना जानते हैं कि पुल बना मज़बूत था। हमने और हमारी जोरू ने मजूरी की थी यहाँ। लेकिन पुल टूटने से पहले सत्तू और फेरी ठेकेदार काफ़ी घुलने-मिलने लगे थे। फिर पुल टूटने के बाद ठेकेदार सत्तू की फेरी पर थोड़ा नरम भी पड़ गया था लेकिन पता नहीं क्यों सत्तू थोड़ा अनमना-सा रहने लगा था।"

मज़बूत पुल, सत्तू और फेरी ठेकेदार का ज़्यादा घुलना-मिलना इन सब बातों ने सौरभ को संशय से भर दिया।

नाव टूटे पुल के पास से गुज़र रही थी, शम्स ने एक जगह नाव को रोका और पानी में हाथ डालकर मुँह पर लगा लिया।

"सर जी, इस पानी के साथ बचपन का रिश्ता है। इसमें क्या खड़ा रह सकता है क्या बह सकता है अच्छी तरह से जानते हैं। सरकारी महकमें वालों को किसी को कोई जवाब नहीं देना है। पुल बनाने वाली कंपनी को ख़ुद को बचाने के लिए और पुल को दोबारा बनाने के लिए और पैसा खरचना पड़ेगा। बाबू साहब यही चाहते हैं। बाक़ी पानी के अंदर गोता लगाइएगा तो पता चल जाएगा कि पुल टूटा था या तोड़ा गया था। ख़ैर साहब, इतनी फ़ुरसत किसे है?"

सौरभ ने उससे पूछा कि वो ये सब बातें उसे क्यों बता रहा था? तो इसके जवाब में शम्स बोला, "दो बातें, सत्तू हमारा साथी था और फेरी ठेकेदार हमारा दुश्मन।"

सौरभ को समझ नहीं आ रहा था कि क्या किया जाए। उसे इधर-उधर भटकते हुए एक हफ़्ते से ज़्यादा गुज़र चुका था लेकिन अभी तक कोई सिरा उसके हाथ नहीं लगा था। हर बार कोई नई बात उसके सामने आती और वो उसी में सिर खपाने लगता। अब शम्स ने एक बार फिर से कहानी को उलझा दिया जो पहले ही सुलझने को तैयार नहीं हो रही थी। वो ख़ुद से सवाल करने में लगा हुआ था कि हो सकता है कि पुल गिराने की साज़िश में ठेकेदार का हाथ हो। हो सकता है सत्तू भी इसका हिस्सा रहा हो। और सत्तू ठेकेदार को ब्लेकमैल करने लगा हो और ठेकेदार उसकी जान का दुश्मन बन गया हो। लेकिन सत्तू की मौत तो आर्सेनिक से हुई और इसका मेल किसी भी घटना से नहीं है। वो तो सिर्फ़ ये पता करना चाहता है कि सत्तू के शरीर में आर्सेनिक आया कैसे? गंगा पथ में आर्सेनिक है ये बात ज़ाहिर है, लेकिन ये भी प्रमाणित है कि बहती नदी में आर्सनिक नहीं होता। अभी तक के शोध बताते हैं कि दोआब में आर्सेनिक ज़्यादा मात्रा में है। लेकिन सत्तू के गाँव और उसके आस-पास भूजल में आर्सेनिक नहीं है। ये भी तथ्य है कि सत्तू और गाँव के कई परिवार सीधे गंगा से पानी भरकर पी रहे थे। तो फिर उसके शरीर में आर्सेनिक आया कैसे? इन सारी बातों ने आपस में गड्डमड्ड होकर सौरभ के दिमाग़ को चोक कर दिया।

सौरभ की गाड़ी तेज़ी से अपने ऑफ़िस की ओर जा रही थी और पीछे बैठा सौरभ सत्तू की मौत के तारों को जोड़ने की असफल कोशिश में जुटा था। तभी अचानक लगे ब्रेक ने उसकी सोच को भी रोक दिया। सामने किसी पोलट्री फ़ार्म का ट्रक पलट गया था और कई सारी मुर्ग़ियाँ सड़क पर फैल गई थीं। फ़ार्म वाला किसी तरह उन्हें समेटने में लगा था लेकिन मुर्ग़ियों की लूट भी शुरू हो गई थी। आस-पास कोई पुलिसवाला ना होने के कारण ट्रक चालक और उसका क्लीनर सब कुछ सँभालने में असहाय थे। कुल मिलाकर अच्छा-ख़ासा हंगामा मचा हुआ था। एक मुर्ग़ी गाड़ी के सामने बोनट पर आ गई, सौरभ की नज़र मुर्ग़ी पर थी तभी एक लड़के ने झटके से उसे पकड़ा और दूसरी तरफ़ दौड़ गया।

सौरभ ने ड्राइवर से दूसरे रास्ते की ओर चलने को कहा, अब वो अपने ऑफ़िस ना जाकर कहीं और जाना चाहता था। क़रीब बीस मिनट के बाद वो एक इमारत के सामने खड़ा था और उसके दूसरे माले पर बने एक ऑफ़िस के बोर्ड को ध्यान से देख रहा था। ऑफ़िस तो वो नाम के लिए ही था। दरअसल हमारे देश में ज़मीन के कब्ज़ाने के कई तरीक़े होते हैं। उनमें एक तरीक़ा धार्मिक या सामाजिक कार्य के लिए दफ़्तर बनाना या फिर मंदिर बनाना है। तो वो एक सामाजिक संस्था जैसी किसी चीज़ का दफ़्तर था। ये सामाजिक संस्था गंगा और उससे जुड़े लोगों की भलाई हेतु कार्यरत थी। उस संस्था का दावा कुछ इस तरह का था कि वो इतनी पुरानी है जितनी कि ख़ुद गंगा। उस कमरेनुमा दफ़्तर के ज़ंग खाए बोर्ड, जिसे ठीक से पढ़ने के लिए पारखी नज़र चाहिए थी, पर ऐसा ही कुछ लिखा हुआ था जिसका सीधा अर्थ ये था कि वो संस्था गंगा से रोज़गार पाने वाले मछुआरों, मल्लाहों, फेरी वाले आदि-इत्यादि के लिए सैकड़ों सालों से काम कर रही है।

सौरभ दफ़्तर के अंदर घुसा तो एक टेबल के पीछे पैंट-बुशर्ट पहने एक आदमी अपनी आँख पर चश्मा चढ़ाए बैठा हुआ था। उसके पीछे की दीवार पर ऐसा कोई देवी-देवता उसे याद नहीं होगा जो छूट गया हो। सामने टेबल पर रखे काँच के नीचे कुछ काग़ज़ घुसे हुए थे। बाजू की दीवार पर उस आदमी की तमाम छुटभैये नेताओं और एक बड़े नेता के साथ खिंची हुई फ़ोटो फ़्रेम में शोभा पा रही थी। कुल मिलाकर उस कमरे की दीवारें चीख़कर कह रही थीं

कि वो एक समाजसेवी था। ताकि दफ़्तर के अंदर घुसने वाला पहले ही सचेत हो जाए कि वो जिससे मिलने आया है, उससे मिलना उसका सौभाग्य है।

सौरभ ने एक मीडिया फ़ेलो के तौर पर अपना परिचय दिया। आदमी ने उसे सामने की कुर्सी पर बैठने के लिए कहा और फिर दोबारा उसका परिचय पूछा। दरअसल समाजसेवी ने मीडिया शब्द तो पकड़ लिया था लेकिन फ़ेलो उनके लिए नया शब्द था। उसके बारे में उन्होंने कभी नहीं सुना था। वो समझ नहीं पा रहे थे कि ये क्या चीज़ होती है? कोई चैनल है, अख़बार है, या फिर कोई नया तरीक़ा है मीडिया का? लेकिन वो ये बात ज़ाहिर नहीं करना चाहते थे कि उन्हें पल्ले नहीं पड़ा है तो उन्होंने अच्छा-अच्छा वाले भाव के साथ अपनी गर्दन हिला दी। सौरभ ने बिना समय गँवाए अपने आने का मक़सद बताया। ये समाजसेवी दरअसल वही ठेकेदार था जिसके बारे में शम्स ने बताया था। सौरभ ने उसे बताया कि वो गंगा के ऊपर बन रहे पुल से छिन जाने वाले लोगों के रोज़गार और पुल से गंगा को होने वाले नुक़सान पर स्टोरी कर रहा है। उसी के सिलसिले में वो ठेकेदार समाजसेवी से बात करना चाहता है।

सौरभ की बात पूरी होते ही ठेकेदार समाजसेवी ने भाषण देना शुरू किया कि किस तरह से विकास के नाम पर गंगा की हालत ख़राब की जा रही है। पुल से होने वाले तमाम तरह के नुक़सान के बारे में जो बातें पर्यावरणविद बोलते आ रहे थे और तमाम अख़बारों में सैकड़ों बार छप चुकी थीं, उसने उन सभी बातों को एक साँस में दोहराते हुए, अपने फेफड़ों में अगले सवाल का जवाब देने के लिए साँस भरी। सौरभ अब अपने मुद्दे पर धीरे-धीरे लौट रहा था। उसने ठेकेदार से सत्तू के बारे में सवाल पूछे, मसलन वो उसे कब से जानता था, सत्तू कैसा आदमी था, ठेकेदार का उसके साथ कैसा रिश्ता था, बीते दिनों उसकी हालत कैसे ख़राब हो गई, क्या ठेकेदार समाजसेवी को उसकी बीमारी के बारे में पता था? ठेकेदार ने सभी बातों के जो जवाब दिए वो बिलकुल वैसे ही थे जैसे किसी मरने वाले इंसान के बारे में दिए जाते हैं यानी मरने वाला पुण्य आत्मा था और उसके मरने से विश्व को बहुत बड़ा नुक़सान हुआ है। ठेकेदार ने ये भी बताया कि वो कई सालों से सत्तू को जानता था, उसके साथ उसके अच्छे संबंध थे लेकिन बीमारी के बारे में उसे कुछ पता नहीं था। फिर सौरभ ने पुल टूटने वाली बात और सत्तू के संबंध के बारे

में कुछ सवाल किए जिसको लेकर ठेकेदार समाजसेवी थोड़ा गोलमोल करने लगा और ज़्यादा पूछने पर उसकी बातों में मिठास की जगह तल्ख़ी आ गई।

सौरभ ने उससे इजाज़त ली और बाहर आ गया। ठेकेदार की बातों से सौरभ को ये समझ आ गया था कि ठेकेदार और सत्तू का पुल के टूटने में तो कोई हाथ हो सकता था। लेकिन सत्तू की मौत में ठेकेदार का कोई हाथ उसे नज़र नहीं आ रहा था। कुल मिलाकर सौरभ फिर से उसी चौराहे पर खड़ा था जहाँ से उसने चलना शुरू किया था।

सौरभ आज बहुत थका हुआ महसूस कर रहा था। दरअसल सत्तू की मौत ने उसे बुरी तरह उलझाने के साथ-साथ मानसिक रूप से थका दिया था। वो अपने दफ़्तर पहुँचा तो वहाँ कौशल काम छोड़कर कोई फ़िल्म देखने में रमा हुआ था। वो कोई अंग्रेज़ी फ़िल्म का हिंदी संस्करण था। सौरभ के अंदर पहुँचते ही वो थोड़ा हड़बड़ा गया। सौरभ ने उसे कुछ नहीं कहा, बस वहीं पास में कुर्सी पर बैठ गया। कौशल ने फ़िल्म को रोका और सौरभ के लिए पानी ले आया। सौरभ ने पानी पीते हुए माहौल को हल्का करने के लिए उससे फ़िल्म के बारे में पूछ लिया। दरअसल वो थोड़ी देर के लिए केस के बारे में सोचना नहीं चाहता था। वो जानता था कि जब कोई बात समझ नहीं आ रही हो तो उसे छोड़ देना चाहिए, कोई-ना-कोई हल निकल ही आता है।

कौशल ने सौरभ को बताया कि कमाल की फ़िल्म है, एक आदमी मर गया है उसके बारे में कुछ पता ही नहीं चल रहा है कि उसके साथ हुआ क्या था। तभी पुलिस वाले के हाथ में उसके बाल लगते हैं, वो उनकी जाँच करवाता है तो मालूम चलता है कि उसे किसी रेडियोएक्टिव किरण से मारा गया था। किरण का असर शरीर में तो सीधे तौर पर नज़र नहीं आया लेकिन उसके बालों में वो असर रह गया था। कहते हुए कौशल ने फ़िल्म का मज़ाक़ बनाया, "ये अंग्रेज़ लोग कुछ भी फ़िल्म बनाते हैं और रजनीकांत की फ़िल्मों को हाऊ फ़नी कहते हैं।" सौरभ भी उसकी बात पर हँसने लगा। फिर उसने कौशल को पास के ठेके से बोतल लाने के लिए कहा। कौशल तुरंत उठकर बाहर चला गया। ऐसी बातों में वो एक्स्ट्रा एक्टिव मोड में आ जाता था। थोड़ी देर में वो शाम के सभी इंतज़ाम के साथ आ चुका था। सौरभ ने सामान को

वहीं टेबल पर रखकर उसे जाने के लिए कहा। कौशल को अब तक समझ आ गया था कि सौरभ कोई बड़ी उलझन में अटका था। उसने सौरभ से कहा कि वो रात में यहीं रुक जाएगा लेकिन सौरभ ने उसे समझाया कि ऐसी कोई बात नहीं है, बस वो थोड़ी देर शांति चाहता है। कौशल को जब भरोसा हुआ तो वो दरवाज़ा बंद करके निकल गया। सौरभ ने गिलास भरा और धीरे-धीरे घूँट भरने लगा। उसके हाथ में सत्तू की रिपोर्ट थी। वो उसे देख रहा था और गिलास भरता जा रहा था। काफ़ी देर हो चुकी थी। अब सौरभ की आँखें बंद होने लगीं। कुछ थकावट और कुछ नशे ने उसको बोझिल कर दिया था। वो धीरे से उठा और पास ही पड़े हुए सोफ़े पर लुढ़क गया।

सौरभ गंगा किनारे खड़ा था, तभी एक सिरिंग पक्षी (किंगफ़िशर) उसके पास फड़फड़ाते हुए आया और गिर पड़ा। फिर धीरे-धीरे करके पक्षी आते जा रहे थे और पंख फड़फड़ाकर गिरते जा रहे थे। अब वो सारे पक्षियों की लाशे इकट्ठी होने लगी और उनसे एक इंसानी शक्ल आकार लेने लगी। सौरभ को कुछ समझ नहीं आ रहा था। वो शक्ल अब सत्तू की थी। उसके शरीर पर पंख उग आए थे, वो ऊपर की ओर उड़ना चाह रहा था, लेकिन उड़ नहीं पा रहा था। उसके पैर में फफोले से हो गए थे। वो धीरे-धीरे करके सौरभ की तरफ़ बढ़ा और सौरभ के ऊपर गिरने लगा।

अचानक चौंककर सौरभ की नींद खुली। उसका पूरा शरीर पसीने में नहाया हुआ था। रात में यूँ ही सो जाने की वजह से उसने कपड़े भी नहीं उतारे थे। वो उठा और पास रखे हुए पानी के जग से गिलास भर के पानी पिया। एक-एक करके वो तीन गिलास पानी पी गया। उसका हलक़ बुरी तरह से सूख गया था। वो फिर लेट गया। उसे लगा कि सत्तू का मामला उस पर कुछ ज़्यादा ही हावी हो गया था, तभी वो सपने में भी उसका पीछा नहीं छोड़ रहा। सौरभ सपने का अर्थ ढूँढ रहा था कि पक्षी बना सत्तू जो उड़ना चाह रहा था और उड़ नहीं पा रहा था, यानी कहीं-ना-कहीं वो उसके जीने की चाहत वाली बात होगी। सौरभ सोफ़े से टेक लगाकर पीछे गर्दन ढालकर बैठ गया। तभी उसके दिमाग़ में एक झटका-सा लगा। वो अचानक उठा और लगभग भागते हुए अपने कमरे की ओर गया और अलमारी में रखे हुए कपड़ों में कुछ ढूँढने

लगा। फिर उसने सामने पड़ी जैकेट उठाकर उसकी जेब में हाथ डाला फिर दूसरी जेब में हाथ डाला। उसके हाथ में कुछ लग गया था, जिसे देखकर उसे लग रहा था कि शायद उसे सिरा मिल गया हो। लेकिन अभी अपने शक को पक्का करना ज़रूरी था। सुबह के चार बज रहे थे। उसने कौशल को फ़ोन लगाया। कमाल की बात थी कि कौशल ने एक ही बार में फ़ोन उठा लिया। सौरभ को उसके जल्दी फ़ोन उठाने पर हैरानी हुई लेकिन कौशल ने ख़ुद ही हैरानी दूर करते हुए बताया कि जिस तरह से वो रात में शराब पी रहा था उसे लगा कि शायद रात-बिरात उसकी ज़रूरत पड़ जाए। सौरभ हल्के से मुस्कुराया और तुरंत उसे घर पर आने के लिए कहा।

थोड़ी देर में कौशल उसके सामने खड़ा था। सौरभ ने उसे एक पैकेट थमाकर तुरंत चंडीगढ़ लैब जाने के लिए कहा। कौशल को कुछ बात समझ नहीं आ रही थी। सौरभ ने उससे कहा कि वो तुरंत जो फ़्लाइट मिले उसे लेकर चंडीगढ़ पहुँचे और वहाँ पर डॉक्टर सत्यपति से बात कराए। कौशल ने हाँ में सिर हिला दिया। वो आश्चर्य में था कि जो आदमी बस का किराया देने में भी अचकचाता है आज फ़्लाइट से भेज रहा है। पता नहीं भगवान, क्या होने वाला था! उसे इस तरह खड़ा देखकर सौरभ ने चिल्लाकर उसे जाने के लिए कहा। कौशल रवाना हो गया। बाहर सुबह होने ही वाली थी। सौरभ ने मुँह धोया और वो भी कहीं जाने के लिए निकल पड़ा।

सौरभ ख़ालिद मियाँ के घर के सामने खड़ा था। सुबह के क़रीब 9 बज रहे थे। ख़ालिद मियाँ अपनी दुकान खोलने के लिए निकलने वाले थे। सौरभ को देखकर वो रुक गए। वो सौरभ को पहचानते नहीं थे, इसलिए चुपचाप उसे देख रहे थे। सौरभ ने नमस्कार करते हुए उन्हें अपना परिचय दिया और कहने लगा, "मैं सुबह सत्तू के घर गया था, वहाँ मालूम चला कि कुछ दिन पहले सत्तू की मौत हो गई।" ख़ालिद ने हाँ में सिर हिलाया। सौरभ ने बात आगे बढ़ाते हुए कहा, "दरअसल मैं सत्तू के घर मुर्ग़ा लेने गया था। मैं अक्सर सत्तू के घर से मुर्ग़े लेता हूँ। उसके मुर्ग़े बहुत तंदुरुस्त होते हैं और उनका स्वाद भी लाजवाब होता है। आज जब गया तो पता चला कि सत्तू नहीं रहा और दड़बा ख़ाली दिखा। उसकी बीवी ने बताया कि उसने सारे मुर्ग़े ख़ालिद

को दे दिए हैं।" सौरभ ने हँसते हुए कहा, "अगर उसके घर वाला कोई एक मुर्ग़ा बचा हो और मुझे दे दो तो अच्छा होता।"

सुबह-सुबह ग्राहक को घर पर आया देखकर ख़ालिद उसे कैसे लौटा सकता था। उसने सौरभ को बताया, "उसके घर से अठारह मुर्ग़ा लाया था, कुछ बचे हुए हैं।" कहते हुए वो दड़बे से मुर्ग़ा निकालने के लिए बढ़ा। सौरभ भी उसके साथ हो लिया।

वहाँ रखे हुए मुर्ग़ों में से एक मुर्ग़े की ओर इशारा करते हुए उसने कहा कि ये वाला। ख़ालिद ने मुस्कुराकर उसके शौक़ की तारीफ़ करते हुए उसे वो मुर्ग़ा निकालकर दे दिया। सौरभ ने मुर्ग़ा लिया और ख़ालिद से ही उसे कटवाया और लेकर आने लगा। ख़ालिद ने उसे फिर से सेवा का मौक़ा देने के लिए कहा। सौरभ ने हाँ में सिर हिलाया और निकल गया।

सौरभ मुर्ग़े के मांस को एक बर्फ़ के डब्बे में डालकर लखनऊ के लिए कार से निकल पड़ा। रास्ते में उसके पास चंडीगढ़ से लड़के का फ़ोन आ गया। दूसरी तरफ़ लाइन पर डॉ. सत्यपति थे। उसने डॉक्टर को कुछ जाँच के लिए आग्रह किया। डॉक्टर ने उसे बताया कि जाँच का रिज़ल्ट आने में एक हफ़्ता लग जाएगा।

एक हफ़्ते बाद...

सौरभ घर में बैठा हुआ कुछ काम कर रहा था तभी उसके फ़ोन पर बीप की आवाज़ आई। उसने फ़ोन उठाकर देखा तो मेल आया हुआ था। उसने मेल को खोलकर देखा। चंडीगढ़ और लखनऊ की रिपोर्ट उसकी आँखों के सामने थी। फ़ोन की रौशनी उसके चेहरे पर पड़ रही थी और उसकी आँखें उस रौशनी में और फैलती जा रही थीं। उसने फ़ोन को जेब में रखा और तुरंत दफ़्तर से बाहर निकल गया। वो जो चाह रहा था वो उसे मिल गया था। लेकिन अभी भी एक सवाल था जिसका जवाब उसे नहीं मिला था। और उसका जवाब उसे एक ही इंसान दे सकता था।

सौरभ सत्तू के घर पर बैठा हुआ था। सामने जानबी बैठी हुई थी। सौरभ ने उसे बताया कि उसे सत्तू की मौत का सच मालूम चल चुका है। इतने दिनों

में पहली बार जानबी के चेहरे के भाव बदले थे। उसने चौंककर सौरभ की तरफ़ देखा। सौरभ को जानबी से ऐसी ही प्रतिक्रिया की अपेक्षा थी। उसने बात को आगे बढ़ाते हुए जानबी के सामने दो सवाल दागे। पहला- इतना आर्सेनिक कहाँ से आया और दूसरा मुर्गियों को खिलाने की बात तुम्हारे दिमाग़ में कैसे आई?

जानबी जानती थी कि अब छिपाने से कोई लाभ नहीं। उसने सौरभ को बताना शुरू किया कि किस तरह उसकी माँ ने उसकी शादी सत्तू से इसलिए कराई थी क्योंकि उसके चाचा की उस पर बुरी नज़र थी। सत्तू से शादी होते वक़्त ये तो मालूम था कि उसे शराब पीने की लत है लेकिन इतनी बुरी लत है, ये यहाँ पर आकर पता चला। फिर उसके साथ ही उसके अंदर शारीरिक ख़ामियाँ भी थीं जिसका बोझ भी वही सहन कर रही थी। और मर्द के लिए ख़ुद को मर्द साबित करने का जो सबसे बड़ा सबूत होता है अगर वो उसके पास नहीं रहे तो वो झुंझलाहट में और खीज में हर तरह से अपनी मर्दानगी साबित करने पर तुल जाता है। सत्तू के साथ भी ऐसा ही हुआ था जिसकी वजह से उसकी ज़्यादतियाँ बढ़ती जा रही थीं। धीरे-धीरे फेरी चलाने में होने वाली कमाई ने भी उसे और जानवर बना दिया था। हद तो तब हो गई जब उसने मुझे पूरी तरह नंगा करके जलती हुई लकड़ी लेकर मेरी तरफ़ दौड़ा कि मैं अभी तेरी सारी जवानी ख़त्म कर देता हूँ। किसी तरह से मैंने ख़ुद को कोने में समेटकर बचाया। उस दिन मैंने सोच लिया था कि अब मुझे ही कुछ करना होगा। बचपन से किताबें पढ़ने के शौक़ ने थोड़ी मदद की थी। बस उनसे ही दिमाग़ में मुर्गियों के चारे में ज़हर मिलाने की बात आई जैसे पुराने ज़माने में विषकन्या बनाई जाती थी। साथ ही एक किताब में मैंने पढ़ा था कि किस तरह प्रदूषण के कारण हवा, ज़मीन और पानी का ज़हर जानवरों और खाने के सामान में चला जाता है, फिर जो उसे खाता है उसे भी वो ज़हर मिल जाता है। संखिया के बारे में भी पढ़ा था जिसके आप डॉक्टर हो। बस धीरे-धीरे करके हर दूसरे दिन मुर्गा काटकर खिलाने लगी। बात ख़त्म करते हुए जानबी ने कहा कि अब अगर उसे जेल में डाल दिया जाए तो भी शिकायत नहीं। वैसे भी जो नरक उसे भोगना था वो भोग चुकी है, इससे ज़्यादा बुरा तो कुछ भी नहीं हो सकता।

सौरभ हैरान था कि निचले तबक़े की एक औरत जिसे हम सब अनपढ़ और कमज़ोर समझते हैं वो अगर बदला लेने पर उतारू हो जाए तो क्या क़यामत ढा सकती है। सौरभ सोच रहा था कि किसी की विनम्रता, उसकी चुप्पी उसके जवाब न देने की प्रवृत्ति को उसकी कमज़ोरी समझना हम इंसानों की कितनी बड़ी ग़लती है।

लेकिन अभी एक सवाल बाक़ी था आख़िर उसके पास आर्सेनिक आया कैसे? जानबी इस सवाल के जवाब के लिए उठी और अंदर से कुछ लेकर आई और सौरभ के सामने रख दिया।

सौरभ उस चीज़ को देखते ही हैरान रह गया, वह धतूरा था।

सौरभ को उसके सवालों के जवाब मिल गए थे। शम्स की नाव में चुपचाप बैठा वो जानबी के दूर होते घर को देख रहा था। सत्तू की मौत की वजह जानने के बाद वो इस बात को लेकर निश्चिंत था कि उसकी रिसर्च ग़लत नहीं जा रही थी। सत्तू को दिया गया आर्सेनिक उसी धतूरे से आया जिसे शंकर जी पर चढ़ाया जाता है। उस युग में शायद शिव जी ने नीलकंठ बनना स्वीकार कर लिया था। क्या यह सोचना कोई अतिशयोक्ति है कि कभी गंगा और शिव ने मिलकर समाज को इस ज़हर से बचाया था, तभी उन्हें यह सम्मान मिला। और तभी शिव के चरणों में धतूरा चढ़ाया जाता है।

अपनी सोच में डूबा सौरभ पानी में सत्तू की जाँच के सारे पन्ने बहा रहा था। तभी एक तेज़ लहर ने उसे पूरा भिगो दिया। तेज़ चल रही हवाओं ने गंगा की लहरों को उत्ताल कर दिया था। नाव में लहर थोड़ा पानी छोड़ गई थी साथ ही उसमें कुछ कचरा भी आ गया था जो इंसानों ने गंगा को माँ मानकर समर्पित किया था। सौरभ उस कचरे को उठाकर फेंकने को हुआ, फिर अचानक उसके हाथ रुक गए। उसने कचरे को हाथ में लिए हुए ही लगभग ओझल हो चुके जानबी के घर को देखा। वो समझ चुका था कि जानबी ने अपना बदला ले लिया था और जो ज़हर उसकी ज़िंदगी में घुला था वो उसने सत्तू को सूद समेत वापस कर दिया था। उसने कचरा नाव में किनारे पर रखा और गंगा में हाथ डाल लिया।

पियरी का रंग लाल

सरयू में आज बहाव कुछ ज़्यादा ही तेज़ था। दूर से उठती उत्ताल लहरें नदी में समुद्र के होने का अहसास करा रही थीं। माही अपनी नाव को एक हाथ से पकड़े हुए था, उसका एक क़दम आगे बढ़ा हुआ था, पीठ हल्की-सी झुकी हुई थी। वह टकटकी लगाकर लहरों को देख रहा था। माथे पर बँधे हुए गमछे को गीला करता हुआ पसीना, कान के पीछे से होते हुए गले को भिगो रहा था। गमछे ने आँखों पर आते हुए पसीने को माथे पर ही रोक दिया था। मार्च महीने का अंत होने को था, लेकिन शरीर से रिसता हुआ पानी गवाही दे रहा था कि इस बार गर्मी पिछली बार से ज़्यादा कड़ा रुख़ दिखाने वाली है। दिन-पर-दिन बढ़ती गर्मी ने वैसे ही नदी को सोख लिया था। उस पर अब तीरथ करने भी लोग कम आने लगे हैं। कुल मिलाकर एक मल्लाह की ज़िंदगी में कमाने के सारे ज़रिये पानी की तरह ही सूखते जा रहे थे।

ऐसे में कोई भी मौक़ा वरदान की तरह ही होता है।

सामने से आती लहरों के साथ एक ठंडी हवा घुलकर आई जिसने पल भर के लिए सभी को सुकून से भर दिया। लेकिन वो हवा भी माही की पलक नहीं झपका पाई। उसे डर था कि कहीं पलक झपकाई तो देर ना हो जाए, और छह महीने के बाद आज मिला ये मौक़ा हाथ से ना चला जाए। वैसे तो पूरे घाट पर उसकी फुर्ती के सभी क़ायल थे, लेकिन माही हर बार इसी तरह डरा हुआ रहता था। कुछ मल्लाह लहरों की तरफ़ कम और माही को ज़्यादा देख रहे थे। उनकी नज़र माही पर टिकी हुई थी। वो ये समझने की कोशिश कर रहे थे कि उसका अगला क़दम क्या होगा। अचानक लहरों के साथ सबको वो नज़र आया जिसके लिए इतनी देर से ताक लगाए हुए थे। दूर से कपड़े का

बहुत बड़ा थान लहरों के साथ ताल मिलाता हुआ तेज़ी से आगे बढ़ रहा था।

ये पियरी थी।

आज पूरे छह महीने बाद किसी की मन्नत पूरी हुई थी। ऐसा लगता है जबसे नदी ने सूखना शुरू किया है, लोगों की मन्नत भी पूरी होना बंद हो गई है। या शायद नदी की ममता ही ख़त्म हो गई है। ऐसा भी हो सकता है कि माँ नाराज़ हो या फिर लोगों ने मुराद को पूरा करने का कोई दूसरा आधुनिक तरीक़ा ढूँढ लिया हो। कुल जमा पियरी चढ़ाने की एक बहुत पुरानी परंपरा ख़त्म तो नहीं हुई थी लेकिन कम ज़रूर हो गई थी।

एक समय था जब घाट पर पियरी चढ़ाने वालों का ताँता लगा रहता था। कोलकाता (उस समय का कलकत्ता) से आने वाले व्यापारी नाव में भरकर बड़े-बड़े और महँगे-महँगे थान लाया करते थे। और देखते-ही-देखते उनकी पूरी नावें ख़ाली हो जाया करती थीं। मल्लाहों के बीच कोई लूट नहीं मचती थी बल्कि सभी क़तार में लगकर अपनी बारी आने पर थान निकाला करते थे। क्योंकि इस बात का विश्वास था कि सबका नंबर आना है और जल्दी आना है। दरअसल पियरी चढ़ाने की परंपरा कई सालों पुरानी है।

जब नदी उफ़ान पर होती थी और बाढ़ के पानी से खेत-खलिहान सब भर जाते थे तब सावन और उसकी बरसात के मायने होते थे। बादलों की गड़गड़ाहट और लगातार कई दिनों तक चलने वाली झड़ी, इसे कहते थे बरसात। जब किसी ब्याहता को मायके जाने के लिए अपने भाई की बाट जोहनी पड़ती थी। साल में एक बार यही तो समय होता था जब राखी पर भाई लिवाने आता और नदी अक्सर भाई के आने में रोड़ा बन जाया करती। जब साधन नहीं थे मगर संसाधन थे। उस दौर में जब अपने भाई की बाट जोहती किसी लड़की को सावन में नदी उफ़ान पर नज़र आती थी और उसे लगता था कि शायद इस बार वो अपनी घरवालों से मिल नहीं पाएगी। इस बार उसका भाई लाख कोशिश पर भी नहीं आ पाएगा। तब वो नदी से प्रार्थना करती थी। वो नदी से मन्नत माँगती थी कि अगर उसका भाई इस पार आ गया और वो अपने घरवालों से मिल पाई, तो वो सरजू माई को पियरी चढ़ाएगी।

पियरी चढ़ाने से मतलब एक कपड़े के बहुत बड़े थान से हुआ करता है,

या यूँ कह लें कि नदी को साड़ी पहनाने या अर्पित करने की प्रथा थी। वैसे पियरी हल्दी में रंगी हुई धोती ही होती है, लेकिन अपनी संपन्नता दिखाने की होड़ या बड़े भक्त कहलाने की इच्छा इसे कपड़े के पूरे थान तक ले आई। इस परपंरा में थान के एक हिस्से को नदी के किनारे पर एक खूँटे से बाँध दिया जाता और दूसरा सिरा पकड़कर मन्नत माँगने वाला नाव में बैठकर दूसरे किनारे तक जाता था। थान खुलता जाता था। ऐसा माना जाता है कि हर बार थान ख़त्म हो जाता है और कभी दूसरे किनारे तक नहीं पहुँच पाता था। फिर थान को वैसा ही छोड़ दिया जाता था ये मानकर की माई ने उनकी पियरी स्वीकार कर ली है। कालांतार में बहन के भाई के आने की प्रार्थना से शुरू हुआ ये सिलसिला, बच्चे की ख़्वाहिश, नौकरी मिलने की तमन्ना, खेत अच्छी होने की अर्ज़ी, यहाँ तक कि सास और ससुर के जल्दी उठ जाने से लेकर पड़ोसी के नुक़सान की मन्नतों तक जा पहुँचा। पियरी चढ़ाने की आस्था ने एक बाज़ार का रूप धर लिया जिसमें कलकत्ता से आने वाले व्यापारी, जो महँगे कपड़े के व्यापारी हुआ करते थे, से लेकर मल्लाह, पंडे, ठेकेदार सब शामिल थे।

इस धंधे में वर्चस्व उसका था जिसकी दबंगई थी। और दबंगई हमेशा ऊँची जाति की रही है। इस तरह कपड़ा व्यापारी से मन्नत माँगने वाला एक थान ख़रीदता था और जब उसे नदी में छोड़ देता था तो मल्लाह उसे बाहर निकाल लाता था। फिर वहाँ मौजूद ठेकेदार जो आमतौर पर पंडे हुआ करते थे वो मल्लाह से उस पियरी को ले लेते थे। पंडों ने इस पियरी पर अपना वैसा ही अधिकार मान रखा था, जिस तरह मंदिर में चढ़ावे पर मानते हैं। जैसे सरकार की दी जाने वाली सब्सिडी पर जनता अपना अधिकार मानती है, उसी तरह पंडे इस थान को ले लिया करते थे। किस पंडे को कब थान मिलेगी इसको लेकर आपस में ही एक समझौता टाइप कुछ था। जिस तरह कौन मल्लाह थान निकालेगा, इसे लेकर मल्लाहों में समझौता था। थान निकालने के बदले में मल्लाह को चंद सिक्के मिल जाते थे, जो उसका अधिकार नहीं था, बल्कि पंडे की दया थी। पंडा इस थान को वापस व्यापारी को सौंप देता था। इस तरह से भक्त से लेकर व्यापारी तक सभी बाज़ार की नाव में सवार होकर नदी की परिक्रमा लगाते थे और मन्नतों के पूरा होने का सुख पाते थे।

संपन्न वर्ग अक्सर मन्नत माँगता है क्योंकि उसके पास चढ़ावे की गुंजाइश होती है। वो यह मानकर चलता है कि दे-दिलाकर सब कुछ हो सकता है। इस तरह वो किसी काम की शुरुआत करता है, जो आगे चलकर परंपरा में तब्दील हो जाता है। फिर निम्न वर्ग पर उस परंपरा को निभाने का अतिरिक्त बोझ पड़ता है। उसे भी लगता है कि इस तरह से शायद उसका काम भी बन जाए। इस तरह से आस्था का बाज़ार अपना विस्तार लेता है। पियरी चढ़ाने की परंपरा भी कई सालों तक अपने शीर्ष पर रही। फिर धीरे-धीरे महँगी थान की जगह वापस धोती ने ले ली और फिर धोती का चढ़ना भी कम होने लगा। अब तो कोई इक्का-दुक्का आ जाता है महीने-छह महीने में एक बार। मल्लाह की संख्या भी घटी थी, लेकिन उस स्तर पर नहीं जिस स्तर पर पियरी चढ़ाने वालों की संख्या घटी थी। इसलिए अब इस काम ने एक प्रतियोगिता का रूप ले लिया था। यानी पहले जाओ पहले पाओ।

माही ने तेज़ बहती नदी में पियरी की एक झलक देखी और नाव को उल्टी दिशा में खेने लगा। बाक़ी नावें भी तेज़ी से आगे बढ़ रही थीं। दिनेश सबसे आगे था क्योंकि उसने हमेशा की तरह नियम तोड़ते हुए अपनी नाव ऊपर की तरफ़ और किनारे ही रख छोड़ी थी। पियरी छूटते ही उसकी नाव का इंजन स्टार्ट हुआ। लखन, सुभाष, पवन सभी का ध्यान कपड़े के उस विशाल थान की तरफ़ था। माही तेज़ी से नाव को पियरी की तरफ़ ले गया। धारा का तेज़ बहाव पूरे थान को तिनके की तरह बहा रहा था। दिनेश तक़रीबन पियरी के पास ही पहुँच गया था कि माही ने लोहे का एक मोटा कीला उठाया जो एक प्लास्टिक की रस्सी से बँधा था, उसे पूरी ताक़त से फेंका। कीला निशाने पर लगा और उसके वजन से पियरी पानी के नीचे चली गई। यह देखकर दिनेश तिलमिला गया और थान के एक किनारे को पकड़ने के लिए नाव में रखा बाँस उठा लिया। लेकिन इस बीच माही ने कूद लगा दी, उसकी डुबकी भी सटीक थी। रस्सी का एक सिरा उसने हाथ में बाँधा हुआ था। डुबकी लगाकर उसने कील को पकड़ा और नीचे की ओर ग़ोता लगा दिया। दिनेश के बाँस ने भी थान का छोर लपेट लिया लेकिन नीचे से आते खिंचाव से वह छोर फट गया जिससे थोड़ा-सा टुकड़ा ही बाँस में फँसा नज़र आ रहा था। सभी ने

देखा दूर माही दियारा की तरफ़ निकल रहा था। पियरी उसके साथ-साथ बाहर निकल रही थी। उसकी बहती नाव को ग़ुस्से की वजह से सभी ने बहने दिया लेकिन हमेशा की तरह अरुण चच्चा ने काँटा फेंककर उसकी नाव को बहने से बचा लिया। कैसी भी परिस्थिति हो, वह नौजवानों की तरह बेसब्र नहीं होते थे।

पियरी को समेटकर माही वापस घाट पर पहुँचा। पाठक जी उसका ही इंतज़ार कर रहे थे। उसने पियरी उनके हवाले कर दी और पाठक जी ने झट दस-दस के पाँच नये नोट दो बार गिनकर उसकी हथेली पर रख दिए। नोट को देखते हुए माही ने एक बार पाठक जी की तरफ़ देखा गोया कह रहा हो कि उसकी मेहनत का दाम भी उस परंपरा की तरह होता जा रहा है जो पुरानी तो होती जा रही है लेकिन बदल नहीं रही है। पाठक जी ने उसकी नज़रों की भाषा को समझते हुए भी उसे नकार दिया और थान अपने हाथ में ले लिया। माही की मुट्ठी भिंची और पाठक जी के थान लपेटते हाथ रुक गए। फिर पाठक जी की एक भद्दी गाली ने माही की मुट्ठी को खोल दिया। वो कहीं-ना-कहीं जानता था कि अगर पाठक जी चाहें तो उसे ये पाँच नोट भी ना मिले। पाठक जी ने थान लिया और वहाँ से निकल गए। वो इस थान को वापस कपड़े की दुकान पहुँचा देंगे जिसके बदले उन्हें मिलेंगे 600 रुपये। रेट मोटे तौर पर फ़िक्स है। थान का 600 रुपये और साड़ी का 100 से 200 रुपये। इससे ज़्यादा चाहिए तो ख़ुद ही रख लो।

पाठक जी भी इस कमी से परेशान थे। वो अक्सर पियरी समेटते-समेटते अपने अतीत में चले जाते। किस तरह वो अपने पिताजी के साथ मल्लाहों से पियरी लेने आया करते थे। मल्लाहों से कैसे बात की जाती है, ये तरीक़ा उन्हें अपने पिताजी से विरासत में मिला था। उनके पिताजी ने अपने पिताजी से ये कला हासिल की थी। क्योंकि पाठक जी के दादाजी के वक़्त तो मल्लाह नदी से पियरी निकालकर जब उस संपन्न सवर्ण वर्ग को सौंप रहा होता था तो वो कृतार्थ हो रहा होता था कि आज उसे इस बात का सौभाग्य मिला है कि वो पंडिजी के लिए कुछ कर सका है। पाठक जी के दादाजी मेहनत के बदले में अपना अनमोल आशीर्वाद मल्लाह को दे दिया करते थे। जिसे देने के लिए वो सिर्फ़ हल्का-सा हाथ उठाते थे, उसे कहीं रखते या छुआते नहीं थे क्योंकि उन्हें मल्लाह के शरीर से छू जाने के दुष्परिणाम पता थे। मल्लाह भी अच्छी

तरह जानता था कि उसका शरीर छूने लायक़ नहीं है। वो मुँह से भी कोई शब्द नहीं निकालते थे, बस ओम बोलकर हुंकार भर दिया करते थे। मल्लाह इसे ही इनाम मानकर अपने काम में जुट जाया करता था। कभी-कभी किसी मल्लाह की क़िस्मत चमक जाती तो उसे इकन्नी या दोअन्नी मिल जाया करती थी जिसे लेकर वो इस तरह ख़ुश होता था जैसे स्वयं विष्णु क्षीरसागर में सोते से उठकर अपने शेषनाग के बिस्तर को छोड़कर वहाँ उसे पैसा देने आए हैं। वो उसे माथे से लगाता था और फिर ज़ोर-ज़ोर से चिल्लाता हुआ जाता था कि आज उस पर कृपा बरसी है।

उस दौर में पाठक जी के घर में एक गोदाम हुआ करता था जो कपड़ों की थानों से अटा रहता था। आज पाठक जी का वो गोदाम बस इतिहास में दर्ज है। गोदाम की जगह एक दुकान ने ले ली है, जहाँ गाँव की ज़रूरत का फुटकर सामान मिलता है। पाठक जी के परिवार को इस बात का इल्म नहीं था कि कभी ऐसा वक़्त भी आएगा, जब उनका गोदाम ख़ाली हो जाएगा और उनके परिवार को मोहताज होना पड़ेगा। अपने दौड़ते हुए धंधे को देखते हुए पाठक जी ने अपनी अगली पीढ़ी को भी इसी काम में लगा दिया और थोड़ी बहुत जजमानी सिखा दी। पढ़ाने-लिखाने से उनका वास्ता नहीं रहा, इस तरह लगातार कम होते जंगलों की तरह उनके घर में भी विकल्प कम होते गए, परिवार बढ़ता गया। जिसे दाल रोटी खिलाने के लिए वो परचून की दुकान खोलकर सस्ते दाल-चावल महँगे दामों में बेचने लगे। क्योंकि पूरे गाँव में एक मात्र उनकी ही दुकान थी, जहाँ कम आय वालों को उधार में अनाज मिल जाता था। उनकी दुकान ही ऐसी थी, जहाँ दो रुपये के तेल से लेकर पाँच रुपये का चावल मिल जाता था और खाते में लिखा जाता था। जिसकी वजह से गाँव के कई लोग अपनी कमाई का हिस्सा उन्हें रोज़ दे जाया करते थे और अपनी ज़िंदगी को चला लिया करते थे। माही भी उन्हीं में से एक था।

माही का नाम उसकी शक्ल-सूरत के अनुरूप ही था। वैसे बड़ी बुआ ने उसका नाम मोहित रखा था। जब तक वह स्कूल गया वहाँ भी रिकॉर्ड में मोहित ही नाम था लेकिन बाद में गाँव-दोस्तों ने उसे मोहित से माही बना दिया। लंबा-चौड़ा डील-डौल, हमेशा चेहरे पर दिल को लुभाने वाली मुस्कान,

और दूसरों की मदद को तैयार रहने वाला माही पूरे गाँव में अपने चेहरे-मोहरे के साथ-साथ अपने स्वभाव की वजह से मशहूर था। कोई भी उसके बारे में बुरा नहीं बोलता था। बस उसका दो बातों को लेकर पीठ पीछे मज़ाक़ ज़रूर बनाया जाता। एक तो वो था जोरू का ग़ुलाम, वो सुलेखा की कही कोई बात नहीं टालता था बल्कि उसके कहे पर ही चलता था। दूसरे उसका झूठा वादा, सब जानते थे कि उसने अपनी सुलेखा को वादा किया हुआ है कि वो उसे बढ़िया रेशमी साड़ी तोहफ़े में लाकर देगा। जबकि ये उसके बूते का नहीं था। दरअसल कमाई के स्रोत जिस तरह से सूख रहे थे उसकी वजह से नदी पर रहने वाले अलग-अलग कई तबक़ों का अब गुज़ारा तक मुश्किल होता जा रहा था। ऐसे में किसी भी ख़्वाहिश के बारे में सोचना भी बेमानी था। ऐसे में माही का सुलेखा के लिए साड़ी का सपना सँजोना पूरे गाँव में मज़ाक़ का विषय बन चुका था। अब तो यह वादा भी तीन सावन पुराना हो चला था।

सब जानते थे कि माही अपनी पत्नी को बेपनाह प्यार करता था। सुलेखा भी माही को उतना ही चाहती थी। दोनों के पास अपने प्यार की निशानी के तौर पर उनके बच्चे हैं- एक लड़का और एक लड़की। लड़की तो अभी गोद में ही थी और लड़का धीरे-धीरे बड़ा हो रहा था, जिसे पढ़ा-लिखाकर कुछ बनाने का एक न पूरा होने वाला ख़्वाब भी माही देख रहा था। उसने उसे नाव के धंधे से दूर ही रखा हुआ था। वो अभी तो गाँव के सरकारी स्कूल में ही पढ़ रहा था। जहाँ तक बच्चों के दादा-दादी का सवाल था तो दादा को बाढ़ के वक़्त सरजू की धारा अपने साथ कहीं ले गई, उनके आने की बाट जोहते-जोहते दादी भी नदी को समर्पित हो गईं। माही के परिवार के दूसरे सदस्य यानी बच्चों के चाचा-बुआ दूसरे गाँव में रहने लगे। बुआ अपने परिवार में व्यस्त हो गई थी और राखी पर ख़ुद ही आ जाती थी। पियरी चढ़ाने की उन्होंने कभी मन्नत माँगी नहीं क्योंकि उन्हें मालूम था कि उनका भाई तो नदी पार कर ही लेगा। वो बस नदी के दूसरे किनारे पर खड़ी हो जाया करती और माही अपनी नाव में बैठाकर उन्हें अपने घर ले आता। घर में सुलेखा और बच्चे उनके आने पर उनकी सेवा में जुट जाया करते। रही बात माही के भाइयों की तो वो शहरों में बस गए थे और वहाँ मज़दूरी करके और रिक्शा चलाकर या दूसरे तरीक़ों से अपनी ज़िंदगी को बिता रहे थे। उनका माही से अब उतना ही रिश्ता रह गया

था जितना किसी रिश्ते को चालू रखने के लिए रहता है।

माही घर पहुँचा तो सुलेखा काम में जुटी हुई थी। उस एक कमरे के छोटे से घर को उसने ऐसे साधकर रखा हुआ था जैसे घर में छोटे से मंदिर में सारे भगवान समा जाते हैं, और उनकी ज़रूरतों का सामान भी मौजूद रह जाता है। दो बच्चों के होने के बावजूद मजाल थी कि कोई भी चीज़ बिखरी पड़ी हो। कमरे से ही लगा हुआ छोटा-सा चौका था जहाँ एक कोने में मिट्टी का चूल्हा था जो अब अपने ऐतिहासिक होने की गवाही दे रहा था। उसके पास कुछ लकड़ियाँ रखी हुई थीं। इसका इस्तेमाल तब ही होता था जब माही मटन लाता था, जिसे सुलेखा धीमी आँच पर पकने के लिए छोड़ देती थी। चूल्हे पर पकाने की दो वजह थी, एक तो माही को वो पसंद था। दूसरा, इसमें गैस की बर्बादी होने से बच जाती थी। चूल्हे से ही थोड़ी दूरी पर एक गैस का सिलेंडर और एक गैस वाला चूल्हा रखा हुआ था जिसके सामने बैठकर सुलेखा कुछ पकाने में लगी हुई थी। उसकी पीठ माही की तरफ़ थी इसलिए वो उसे देख नहीं पाई थी। माही चुपके से उसके पास पहुँचा और एक हाथ से उसकी आँखों को मीचते हुए दूसरे हाथ में पाँचों नोटों को रख दिया। सुलेखा ने उसे देखा और धीरे से मुस्कुरा दी और दस रुपये का एक नोट उसने माही की जेब के हवाले कर दिया। उसे पता है दिन भर कभी नदी के साथ, कभी नदी के विपरीत नाव को चलाने में माही की क्या हालत होती है और अगर वो शाम को दो घूँट हलक़ से नहीं उतारे तो दर्द से कराहता रहता है।

प्यार का रिश्ता भी बड़ा ही अजीब होता है। कोई त्याग नहीं करता बल्कि अपने साथी के लिए त्याग करना सुख देता है। कोई कुछ जताता नहीं है बस करता जाता है। ख़ास बात ये है कि दोनों को सही वक़्त पर ये मालूम रहता है कि ज़रूरतें किसकी क्या है। जब किसी से गहरा लगाव होता है तो समर्पण ख़ुद-ब-ख़ुद हो जाता है। जैसे एक छोटा बच्चा जो अपने माता-पिता के प्रति इस क़दर आसक्त होता है कि जब उसकी माँ या पिता उसे डाँट रहे होते हैं, तो रोते हुए भी उनकी ही गोद में चढ़ रहा होता है। वो ये समझ ही नहीं पाता है कि जिसकी गोद में चढ़ने को वो आतुर है, वही उसके रोने की वजह है। बल्कि उसे लगता है कि ये गोद ही उसे चुप करा सकती है। जब प्यार में इस तरह की मासूमियत आ जाती है तो समर्पण का भाव अपने-आप आ जाता है।

इस धरती पर मौजूद पूरी प्रकृति ने भी हम इंसानों को इसी तरह से प्यार किया है, जिसमें वो हमें देकर आनंदित होती रही है।

माही और सुलेखा के बीच में भी वही प्राकृतिक प्यार था। कहने को दोनों की शादी जात-बिरादरी देखकर, सारे रीति-रिवाजों के ताम-झाम के साथ हुई, लेकिन इसकी नींव उस वक़्त ही रख दी गई थी, जब माही अपनी बहन को लेने के लिए सरजू के पार गया था। वहाँ उसकी बहन के साथ उसने एक लड़की को खड़ा पाया, जो शायद सरजू पार करना चाहती थी। क्योंकि कार्तिक पूर्णिमा के मेले की रौनक़ माही वाले किनारे पर ही ज़्यादा होती है। हर साल इस मेले में दूर-दूर से लोग आते हैं। कोई आस्था के लिए तो कोई अपनी व्यवस्था के लिए। वहाँ की टमाटर वाली चाट तो इतनी प्रसिद्ध थी कि जिस तरह किसी भी मंदिर में जब कोई दर्शन करने जाता है तो उसे पंडों से मालूम चलता है कि इस मंदिर के दर्शन तब तक अधूरे हैं, जब तक इससे लगे हुए दूसरे मंदिर के भगवान के दर्शन की आप रसीद नहीं कटवा लेते हैं। उसी तरह अगर यहाँ की टमाटर वाली चाट नहीं खाई जाती थी तो मेले में आना अधूरा माना जाता था। और सुलेखा चाट को लेकर इस क़दर दीवानी थी कि वो उसके लिए सरजू का समुंदर भी लाँघने को तैयार रहती थी। लेकिन उस दिन गहमा-गहमी कुछ ज़्यादा थी, उसे घाट पहुँचने में भी देर हो गई, फेरी छूट चुकी थी, अब इंतज़ार करने के सिवा कोई चारा नहीं था।

तभी माही अपनी नाव लेकर वहाँ पहुँचा। उसने अपनी बहन को बैठाया। माही का उसूल था कि जब वो अपनी बहन को लिवाने जाता था तो किसी को नाव में बैठाता नहीं था। उसे लगता था उस पार से इस पार लहरों के साथ ताल मिलाते हुए उसकी बहन अपने दर्द को उसके साथ साझा कर लेती है।

जैसे ही माही की बहन नाव में सवार हुई माही चलने को तैयार हो गया। तभी सुलेखा ने भी उसे उस पार चलने के लिए कहा। अपने उसूल के मुताबिक़ माही ने उसे ले जाने से साफ़ इनकार कर दिया। उधर टमाटर चाट की दिवानी सुलेखा का उतावलापन अपने चरम पर था। उसने माही से पहले ले जाने के लिए दरख़्वास्त की और उसके नहीं मानने पर बुरी तरह बिफर पड़ी। माही भी अपने उसूलों को तोड़ने को राज़ी नहीं था। आख़िर माही की बहन ने अकेली लड़की वाला दाँव चलकर माही को राज़ी कर लिया। माही

हामी भरता, इससे पहले ही सुलेखा उचककर नाव में बैठ गई। उसके बैठते ही नाव और माही की ज़िंदगी एक पल को पूरी तरह डोल गई। फिर जब नाव धीरे-धीरे सधी तो माही ने उसे पहली बार ग़ौर से देखा। पहली बार उसे अपने उसूल को तोड़ने का अफ़सोस नहीं हो रहा था। माही की बहन सुलेखा से बतिया रही थी। उससे वो सब बातें पूछ रही थी जो आमतौर पर लड़कियों से बुज़ुर्ग पूछा करते हैं। मसलन घर, परिवार, जात, बिरादरी वग़ैरह-वग़ैरह। बातों से ये पता चल गया था कि वो उन्हीं के कुनबे की थी और माही की मौसी के कुछ रिश्ते में थी। ये सब बातें माही सुन नहीं पाया था, हालाँकि सुलेखा ने ज़ोर से ही बोला था। उस दिन नदी भी शांत थी और कोई ख़ास शोर भी नहीं था, लेकिन फिर भी माही कुछ नहीं सुन पाया था। वो कहीं और खोया हुआ था। उसके हाथ नाव को खे रहे थे लेकिन उसके दिमाग़ में कोई और ही लहर उठ रही थी, जिसे सँभालने के लिए उसके पास कोई पतवार नहीं थी। आख़िर माही का किनारा आ गया। सुलेखा नाव से उतरी और माही की बहन के पैर छू लिए। माही की बहन को उसकी ये बात बहुत अच्छी लगी। अब नाव से उतरकर माही और उसकी बहन धीरे-धीरे घर की ओर जा रहे थे। माही चुप था और उसकी बहन भी शांत थी।

दोनों जब घर पहुँचे तो वहाँ कोई नहीं था। अचानक उसकी बहन की आँख भर आई। पहले जब वो घर आती थी तो उसकी माँ टकटकी लगाए चौखट पर खड़ी रहती थी। अब चौखट ही उसका रास्ता देखती है। अचानक ही सब कुछ हो गया। ज़िंदगी कई बार आपको करवट लेने तक का मौक़ा नहीं देती है। उन्हें क्या पता था कि ऐसे अचानक पिता की मौत हो जाएगी। वो बाढ़ भी मौसम की नहीं बल्कि इंसानों की देन थी। नदी के रास्ते पर घर बनने लगे तो नदी को रास्ता बदलने की ज़रूरत महसूस हुई, और फिर उसका रास्ता बदल भी दिया गया। लेकिन प्रकृति कभी अपना रास्ता नहीं बदलती है। अगर उसे ऐसा करने पर मजबूर किया जाता है तो उसका परिणाम भी सामने आता है। आख़िर एक दिन नदी अपने पुराने रास्ते पर आ निकली और फिर जो उसके रास्ते में आया, सभी को अपने साथ ले गई। उन्हीं बहते लोगों को बचाते-बचाते माही के बाबा कहीं दूर निकल गए और फिर कभी लौटकर नहीं आए। कुछ दिन तक उनकी राह देखती उसकी माँ धीरे-धीरे बदहवास-सी

हो गई और फिर एक दिन जब सभी लोग किसी काम में व्यस्त थे, वो भी अचानक ग़ायब हो गई। सभी ने उन्हें बहुत ढूँढा लेकिन वो कहीं नहीं मिली। कुछ दिन बाद घाट पर उनका पानी में तैरता हुआ फूला शरीर मिला। माही के भाई, चाचा और नाते रिश्तेदार कुछ दिनों के लिए आए, शोक संवेदना ज़ाहिर की और फिर चले गए। उसकी बहन कुछ दिन तक उसके साथ रही। सबके जाने के बाद माही इतने दिनों के बाद अपनी बहन से लिपटकर रोया। उसे घर की ख़ामोशी डरा रही थी। वो घंटों अपनी बहन से लिपटा सुबकता रहा। फिर वहीं सो गया। उसकी बहन और उसकी उम्र में दस-बारह साल का अंतर था। बहन ने उसकी देख-रेख माँ की ही तरह की थी। वह भी उसे बहुत मानता था। बने-बनाए रिश्तों में भी कुछ रिश्ते ही ऐसे होते हैं जो निभते हैं, बाक़ी तो बस नाम भर के ही होते हैं।

आज अचानक उस सूनी चौखट पर आकर माही की बहन की पुरानी यादें ताज़ा हो गई थीं। इस बात को क़रीब पाँच साल से ज़्यादा हो गए। उसके बाद वो साल में दो बार यहाँ आ जाती है लेकिन पता नहीं क्यों आज उसे बीती बातें याद आ रही थीं। उसकी भीगी आँखों को देखकर माही ने ख़ैरियत जाननी चाही तो उसकी बहन मुस्कुराकर रह गई। बस उसके गले पर अपनी हथेली रखकर उसे दुलारा और घर के अंदर दाख़िल हो गई।

रात में दोनों जब खाना खा रहे थे तो ख़ामोशी को तोड़ते हुए उसकी बहन ने सीधे उससे पूछ लिया कि उसका नाव वाली लड़की को लेकर क्या विचार है? माही इस सवाल के लिए तैयार नहीं था। मुँह में जाने को तैयार निवाला हाथ में ही रह गया और पहले से ही मुँह में मौजूद निवाले ने हलक़ से उतरूँ या ना उतरूँ की जद्दोजहद में एक ठसका लगा दिया। उसकी बहन ने पानी का गिलास उसकी तरफ़ बढ़ाते हुए उससे फिर पूछा तो माही ने इस तरह गर्दन हिलाई जैसे उसे सवाल समझ नहीं आ रहा हो। लेकिन फिर जब उसकी बहन ने डपटकर अपनी बात दोहराई तो माही ने अच्छे बच्चे की तरह उसकी मर्ज़ी पर बात डाल दी। उसकी बहन पहले से ही जानती थी कि माही को लड़की पसंद आ गई थी। जात की भी है और दूर के रिश्ते में भी है। सारे संयोग मिलते देख उसने बिना देरी किए बात चलाने की ठान ली।

अकेला लड़का, कोई ऐब नहीं, कमाता-खाता है, ख़ुद का घर है, लड़की के सिर पर सास-ससुर, ननद, देवर का झंझट नहीं। ये वो योग्यताएँ थीं जो किसी भी लड़के को दामाद बनाने के लिए बहुत ज़्यादा हैं।

तो फिर क्या था, माही के किनारे पर सुलेखा हमेशा के लिए उतर गई। अब उसे टमाटर की चाट खाने के लिए नदी पार करने की ज़रूरत नहीं थी। जब सुलेखा माही के घर आई तो उसके पास ख़ूब सुंदर-सुंदर साड़ियाँ थीं। उन्हें देखकर गाँव वालों का मुँह खुला का खुला रह गया था।

सुलेखा ने आते ही घर को और माही को सँभाल लिया। एक कमरे के कच्चे-पक्के घर को उसने इतना क़रीने से जमाया था कि लगता ही नहीं था कि वो छोटा-सा घर है। माही तो हैरान रह गया था। उसे आज तक पता नहीं चल पाया था कि उसके घर में इतनी जगह भी हो सकती है। सुलेखा ने माही की आदतों और ज़रूरतों को अच्छी से समझ लिया था। उसे समझ ही नहीं आता था कि जो बात वो सोच रहा होता है वो सुलेखा को पता कैसे चल जाती है। कब उसका क्या खाने का मन है, कब उसे आराम करना है, कब वो क्या पहनेगा, सुलेखा को एक-एक बात की समझ थी। औरत की यही ख़ूबी होती है कि वो पानी की तरह होती है। उसे जिस बर्तन में डाल दो उसी का रूप ले लेती है। हमने उसकी इस ख़ूबी का आदर कभी नहीं किया, बस इसका फ़ायदा ही उठाया है। हम नदी की तरह औरत को अलग-अलग बर्तनों में डालते रहे और उसका रूप बदलते रहे। हमने उसका इतना रूप बदला कि वो अपना अस्तित्व ही खो बैठी है। लेकिन माही उन लोगों में से नहीं था। उसने पूरी तरह ख़ुद को सुलेखा के हाथों में सौंप दिया था। वो रोज़ जो भी कमाता उसकी एक-एक पाई सुलेखा के हाथों में रख देता।

धीरे-धीरे वक़्त गुज़रता गया और साड़ियों के रंग फ़ीके पड़े, फिर ज़रूरतें बढ़ीं, कमाई घटी और साड़ियों की संख्या दो ही रह गईं। लेकिन सुलेखा ने कभी शिकायत नहीं की।

बहन से लेने का रिवाज था नहीं तो माही अपनी बहन के लाख कहने पर भी उससे कुछ नहीं लेता था। हाँ सुलेखा के मायके से कभी कुछ मिल जाता। लेकिन माही को पसंद नहीं इसलिए सुलेखा बड़े संकोच से स्वीकार करती। दोनों ने कभी भी किसी के सामने हाथ नहीं फैलाया। जब मोहन पैदा हुआ

तब भी माही ने ख़ुद ही जैसे-तैसे करके सारी व्यवस्था की थी। उसे पहली बार गोद में लेकर बड़ी देर तक उसे देखता ही रहा। फिर कितने दिनों तक उसने घर और बाहर दोनों की ज़िम्मेदारी सँभाली थी। उसकी कोशिश रहती थी कि सुलेखा को रोज़ कुछ ताक़त वाला खाना खिलाए। यहाँ तक कि उसने उसे मायके जाने से भी मना कर दिया था। वो तो सुलेखा ने जब ये कहा कि वो ख़ुद जाना चाहती है तब जाकर माही माना। इसी तरह जब उसे लड़की हुई तो उसने पूरे गाँव में मिठाई बाँटी थी। सब लोग लड़की के होने पर इतनी ख़ुशी को देखकर हैरान थे। माही लड़का-लड़की जैसा कुछ नहीं जानता था। वो तो बस इसलिए ख़ुश था क्योंकि उसे अपनी बिटिया में सुलेखा का अक्स नज़र आ रहा था।

जब सुलेखा ने माही की जेब में पैसे रखे तो माही ने वहीं उसका हाथ पकड़ लिया। वो उसकी तरफ़ देख रहा था। सुलेखा ने इशारे में उससे पूछा क्या है ? माही ने कुछ नहीं के इशारे के लिए गर्दन हिला दी और उसे देखता रहा। तभी सुलेखा ने उसे याद दिलाया कि उसे बाज़ार से सब्ज़ी लाना है और घर में तेल भी ख़त्म हो गया है। वो उठा और बाहर निकल गया। जाते हुए उसने देखा कि सुलेखा की साड़ी अब छनने-सी लगी है। वो उसकी साड़ी को देखकर कुछ कहने को हुआ फिर चुप हो गया। उसे मालूम था कि इतने सालों से वो सिर्फ़ कह ही तो रहा है। वो तो सुलेखा है जो कभी शिकायत नहीं करती है। अब तो उसके जानने वाले भी आए दिन उसे टोक देते हैं। वो ख़ुद ही तो उत्साह में आकर हर कहीं बोलता-फिरता था कि एक बार फलाना काम हो जाए फिर रेशमी साड़ी ख़रीदूँगा। बाज़ार में घूमते हुए भी वह कई बार यही दोहरा चुका था। अब तो दुकानदार भी मज़ाक़ करने लगे हैं, "माही के जो चाही उ साड़ी बहुते महँगा बा। हम नईखी मँगा सकत। एकरा कासी जा के ही लाबे पड़ी।" बाज़ार में सुबह घाट वाली बात चल पड़ी, सबने माही की तारीफ़ की, साथ ही किसी ने साड़ी का ज़िक्र कर दिया। माही चुप रहा।

घर लौटा तो रात हो चुकी थी। सुलेखा मोहन को खाना खिला रही थी। पास में दो रस्सियों पर चादर डालकर बनाए झूले में छुटकी सो रही थी। मोहन आठ साल का हो गया है। वक़्त कितनी जल्दी गुज़रता है। वो वहीं उनके पास बैठ गया और पास से स्टील का गिलास लिया और वहीं दूसरी तरफ़ मुँह

करके उसे बोतल खोलकर भरा फिर मटके से पानी लेकर उसमें डाल लिया। हमेशा वो मोहन के सामने बोतल खोलने से बचता है। वैसे भी लड़कों पर इन बातों का प्रभाव कुछ ज़्यादा ही जल्दी पड़ता है। गिलास भरकर वो दीवार की टेक लेकर बैठ गया। उसने एक घूँट भरा और हलक़ से उतारकर कड़वापन जज़्ब किया। पास में रखे खीरे को मुँह में रखकर स्वाद को संतुलित करते हुए उसने मोहन से उसके स्कूल की जानकारी ली, जो औपचारिकता भर थी। हालाँकि मोहन अभी तीसरी में था इसलिए ऐसा कोई चिंता करने जैसा नहीं था, उस पर मोहन अपनी पढ़ाई को लेकर अभी से गंभीर भी था। इतनी-सी उम्र में वो ख़ुद बहुत-सा काम करने लगा था। कई बार उसे देखकर माही को लगता जैसे वो कह रहा हो कि पापा मुझे बड़ा हो जाने दो, मैं लाऊँगा मम्मी के लिए साड़ी।

माही ने दूसरा गिलास भर लिया था और वहीं बैठ गया था। सुलेखा उसकी थाली लगाने लगी तो माही ने उसे साथ में खाना खाने की ज़िद की। सुलेखा ने रोटी के ठंडा हो जाने की बात करते हुए उससे खाने के लिए कहा लेकिन माही नहीं माना। हारकर सुलेखा दोनों के लिए रोटी बनाने में जुट गई। भारत में कम ही परिवार ऐसे होंगे जहाँ औरत परिवार के साथ खाना खाने का हिस्सा बनती है। नहीं तो ज़्यादातर तो वो खाना खिलाकर ही खाती है। ये बात उसमें इस क़दर घर कर गई है कि अगर वो ऐसा नहीं करती है तो उसे ख़ुद को बुरा लगता है। परिवारजन भी गर्मागरम रोटी का आनंद उठाते हैं और कोई ये सोचता भी नहीं है कि रसोई में खाना बनाने वाली के लिए बर्तन में कुछ बचा भी है या नहीं। माही अक्सर सुलेखा से साथ में खाने के लिए बोलता लेकिन सुलेखा हर बार टाल जाती। लेकिन आज उसकी एक नहीं चली।

दोनों की थाली लग चुकी थी। उसने आज तले हुए आलू की रसवाली सब्ज़ी और रोटी बनाई थी। खीरा, प्याज़ और अचार स्वाद बढ़ाने के लिए मौजूद थे। इतने साल हो गए लेकिन आज तक ऐसा नहीं हुआ कि कभी सुलेखा ने माही को यूँ ही कुछ खाने को दे दिया हो। उसकी थाली भी घर के समान ही सजी हुई रहती थी। उसे देखकर किसी को इस बात का भ्रम हो सकता था कि इस घर में किसी चीज़ की कमी नहीं है। यही तो ख़ूबी थी सुलेखा कि जिसे लेकर माही उस पर लट्टू था। लेकिन सुलेखा का कुछ माँग

ना करना और चुपचाप घर सँभालना माही को सालता रहता। उसे कई बार लगता कि सुलेखा उससे लड़े, उसे ख़ूब खरी-खोटी सुनाए, लेकिन ऐसा कभी नहीं होता। माही की हालत उस छोटे बच्चे की तरह थी जो कोई ग़लती करके घर लौटता है और जब उसके माँ-बाप उसकी शैतानी को लेकर उसे कुछ नहीं बोलते हैं तो उसे अजीब-सी घुटन होने लगती है। उसे लगता है कि माँ-बाप उसे डाँट लें, मार लें ताकि मामला ख़त्म हो।

माही के लिए अब सुलेखा की साड़ी एक जुनून बनती जा रही थी। वो बाज़ार जाता तो दूसरी औरतों की साड़ियाँ देखता रहता। जब वो मोहल्ले से गुज़र रहा होता तो उसे लगता कि सब साड़ी को लेकर उसका मज़ाक़ उड़ा रहे हैं। वो कई बार सोचता कि रेशमी साड़ी की ज़िद छोड़ एक साधारण साड़ी ही ख़रीद ले, लेकिन फिर अपना सिर झटक वापस अपनी ज़िद पर लौट आता। कभी सोचता, अपने ख़र्चे को कम करके पैसा जोड़कर साड़ी ले आए। लेकिन उसे अगले ही पल इस विचार को छोड़ना पड़ता क्योंकि वो जानता था कि वो अपने ख़र्च को कितना भी कम कर ले, रेशमी साड़ी के लिए पैसे जुटाने में उसे एक अरसा लग जाएगा। और जब तक वो उसके दाम तक पहुँचेगा तब तक दाम कहीं और पहुँच चुके होंगे।

बग़ल में सुलेखा लेटी हुई थी लेकिन माही को आज नींद नहीं आ रही थी। माही के पैर सुलेखा के पैरों से टकराए तो अहसास हुआ कि साड़ी का निचला हिस्सा गीला है। उसने जब सुलेखा से उसे बदलने के लिए कहा तो सुलेखा ने अपनी थकावट का बहाना बनाकर उसे टाल दिया। माही को भी असलियत मालूम थी। सुलेखा की छाती से लगकर उसकी बेटी सो रही थी। मोहन दूसरी तरफ़ सोया हुआ था। सुलेखा भी नींद की आग़ोश में जा चुकी थी। माही की आँख में अभी नींद नहीं थी। वो छत को देख रहा था। धीरे-धीरे उसकी पलकें भी भारी होने लगीं।

सुबह होने को थी। माही आज जल्दी निकल गया। अभी सूरज के उगने में वक़्त था, उसने नाव को सरजू में डाल दिया। वो नाव को खेते-खेते बीच धारा में आ गया था। अचानक उसे नदी में से एक औरत निकलती हुई दिखी। वो बहुत ही सुंदर रेशमी साड़ी पहनी हुई थी। वो धीरे-धीरे माही की तरफ़ बढ़

रही थी। माही की घबराहट बढ़ रही थी। उसने नाव को दूसरी दिशा में खेना शुरू किया। जब उसने पीछे पलटकर देखा तो वो औरत ग़ायब हो चुकी थी। उसे लगा जैसे वो कोई सपना देख रहा था। तभी उसने पलटकर देखा तो वो औरत उसी की नाव में बैठी हुई थी। घबराहट में उससे पतवार छूट गई और वो बहते हुए दूर निकल गए। उस औरत ने माही के हाथ को पकड़ा। जैसे ही उसने माही के हाथ को अपने हाथ में लिया उसे लगा मानो उसके सारे तनाव बह गए हों। वो ख़ुद को हल्का महसूस कर रहा था। माही कुछ बोलने की हालत में आता तब तक उस औरत ने उसके हाथों में एक साड़ी रख दी। वो बिलकुल वैसी ही थी जैसी वो पहनी हुई थी। उसे साड़ी सौंपकर वो दोबारा नदी में जाने लगी। माही ने उससे पूछा कि वो कौन है? तो उस औरत ने मुस्कुराकर कहा- "माई!" माही हाथ में रखी हुई साड़ी देख रहा था। तभी ज़ोर से लहर उठी, जैसे ही वो उस पर पड़ी वो एकदम चौंककर उठ गया। वो पसीने में भीगा हुआ था। सुलेखा बच्ची को लिपटाए सो रही थी। मोहन भी बेसुध पड़ा हुआ था। वो दोबारा लेट गया।

घाट पर गहमा-गहमी मची हुई थी। सरजू के किनारे ताज़े बने कुछ चूल्हों में पूड़ियाँ छानी जा रही थीं और हलवे की ख़ुशबू हल्की हवा में मिलकर पूरे घाट पर अपना क़ब्ज़ा जमाए हुई थी। पचास कोस दूर से आए एक परिवार की मन्नत पूरी हुई है, वे सरजू को पियरी चढ़ाने आए हैं। इस बार जल्दी ही कोई पियरी चढ़ाने आ गया था। पियरी चढ़ाने वाला संपन्न परिवार था। खूँटे के पास भीड़ खड़ी है क्योंकि पियरी चढ़ने के बाद प्रसाद बँटेगा। भीड़ में अधनंगे बच्चों की संख्या सबसे ज़्यादा थी, जो पियरी चढ़ने के बाद मिलने वाली पूड़ियों के इंतज़ार में बेसब्र हो रहे थे। तभी चढ़ाने के लिए पियरी निकाली गई, उसे देखकर एक लड़के ने वहाँ से दौड़ लगा दी। वो भागता जा रहा था। काफ़ी देर दौड़ने के बाद वो हाँफता हुआ एक नाव के पास रुका। वहाँ सारे मल्लाह बैठे हुए थे।

लड़का बोला- "रेशम बा!"

रेशमी शब्द सुनकर माही ने अपनी नाव को तैयार करना शुरू कर दिया। दिनेश भी मुस्तैद हो गया था। बाक़ी मल्लाह भी अपनी नावों को तैयार करने

में तेज़ी से जुट गए थे। आज माही को घबराहट हो रही थी क्योंकि आज उसे किसी भी हाल में पियरी चाहिए थी।

रेशमी पियरी की लंबाई छह मीटर से ज़्यादा की रही होगी। पियरी के दोनों छोरों को पहले सूत से बाँधा गया, एक छोर पर क़रीब दो मीटर लंबा सूत बाँधा गया, ताकि पियरी की लंबाई और बढ़ाई जा सके। अब इस लंबे सूत वाले हिस्से को रेत में गाड़े गए खूँट से बाँध दिया और धोती हाथ में लेकर परिवार नाव में सवार हो गया। धीरे-धीरे नाव आगे बढ़ती और धोती सरजू माई को अर्पित होती जाती। बीच धार में पहुँचने से पहले ही धोती की लंबाई पूरी हो गई। कहते हैं कितनी भी लंबी धोती ले आओ, सरजू को पूरा नापना नामुमकिन है। कई बार तो लोगों ने दो-दो थान आपस में बाँधकर सरजू को नापना चाहा, लेकिन नाप नहीं पाए।

बहरहाल मान लिया गया कि माई ने पियरी स्वीकार कर ली है। 'सरजू माई की जै'- एक ज़ोरदार जयकारा हुआ और खूँटे से धोती का सिरा खोल दिया गया।

रेशम की वह साड़ी अब लहरों के साथ थी।

तक़रीबन आधा किलोमीटर की दूरी पर सभी नावें मुस्तैदी से डटी हुई थीं। देखें यह पियरी किसे मिलती है। पियरी के दिखते ही माही ने नाव को नदी में डाल दिया और तेज़ी से उल्टी दिशा में खेना शुरू कर दिया। दिनेश भी उसके बराबर चल रहा था। बाक़ी नाव वाले भी अपनी पूरी ताक़त लगा रहे थे। पियरी उनकी तरफ़ बढ़ रही थी वो पियरी की तरफ़ जा रहे थे। माही का ध्यान पूरी तरह से पियरी पर लगा हुआ था। तभी उसे अचानक एक टक्कर लगी। उसकी नाव दिनेश की नाव से टकरा गई, जिससे उसका संतुलन गड़बड़ा गया और वो नदी में गिर गया। दिनेश उसे देखकर मुस्कुरा रहा था। आज उसकी चाल काम कर गई थी, अब पियरी उसे ही हासिल होनी थी। माही लगातार हाथ चलाकर तैर रहा था, लेकिन बहाव उसे आगे बढ़ने नहीं दे रहा था। उसने फुर्ती के साथ नाव को पकड़ा और उस पर बैठकर उसे खेना शुरू किया लेकिन तब तक दिनेश पियरी के पास पहुँच चुका था। तभी एक हवा ने लहरों के बहाव को बदला और पियरी उससे दूर चली गई। माही को लगा वक़्त भी उसके साथ है और वो दोगुने जोश के साथ नाव चलाने लगा। वो पियरी के पास

था। उसने हाथ बढ़ाकर पियरी को थामा। लेकिन उसका दूसरा सिरा दिनेश के हाथों में था। माही ने पियरी को उठाया और दिनेश की तरफ़ देखते हुए उसने नदी में छलांग लगा दी। पियरी में लिपटा हुआ माही पानी में गहरे तक चला गया। लेकिन दिनेश ने उसे अभी तक छोड़ा नहीं था। थोड़ी देर बाद वो ऊपर आया। उसकी साँस चल रही थी। दोनों के बीच पियरी को लेकर लड़ाई चल रही थी। किनारे पर भीड़ बढ़ती जा रही थी। माही ने दिनेश को देखा, उसकी आँखें कुछ कह रही थीं। अचानक दिनेश ने अपनी मुट्ठी को खोल दी।

अब पियरी माही के पास थी।

साड़ी को सीने से लगाए वह घाट पर पहुँचा तो पाठक जी वहाँ उसे लेने के लिए तैयार खड़े थे। आज एक अरसे के बाद वो रेशम देख रहे थे। उनकी आँखें लालच से चमक रही थीं। जैसे ही माही किनारे पर पहुँचा उन्होंने भागते हुए जेब से दस-दस के दस नोट निकाले और माही की तरफ़ बढ़ाते हुए दूसरे हाथ से रेशम को थाम लिया। लेकिन माही ने दूसरी तरफ़ से मुट्ठी खोली नहीं थी। पाठक जी ने अपने चिर-परिचित अंदाज़ में उसे एक गाली बकते हुए पियरी छोड़ने के लिए कहा। लेकिन माही ने कुछ नहीं कहा, बस मुट्ठी बाँधे खड़ा रहा।

अब तनाव बढ़ गया और पाठक जी का ग़ुस्सा भी। पाठक जी के गुंडे वहाँ पहुँच चुके थे। उन्होंने माही के हाथ से धोती छुड़ाने का आदेश दिया। माही चुपचाप सब को देख रहा था। और एक हाथ से थान को पकड़े हुए था। गुंडों ने पहले उसकी मुट्ठी खोलने की कोशिश की लेकिन वो नाकाम रहे। एक ने उसके मुँह पर एक घूँसा जमाया, उसकी नाक से ख़ून निकलने लगा लेकिन साड़ी नहीं छूटी। बल्कि अब उसने साड़ी को अपने सीने से लगा लिया था। उस पर चारों तरफ़ से लात-घूँसे पड़ रहे थे। उसका पूरा चेहरा लहूलुहान हो चुका था। ज़मीन पर पड़ा हुआ माही अब होश में नहीं था। लेकिन उसकी पकड़ ढीली नहीं हुई थी। घाट पर मौजूद दूसरे मल्लाह उसे पिटता हुआ देखकर कसमसा रहे थे। जब उन्होंने देखा कि पाठक जी के गुर्गे रुकने का नाम नहीं ले रहे हैं तो अचानक दिनेश अपनी पतवार लेकर उन पर टूट पड़ा। पीछे-पीछे सारे मल्लाह गुंडों से भिड़ गए। अब पाठक जी ने वहाँ से निकलने में ही अपनी भलाई समझी। देख लेने की धमकी देते हुए वो वहाँ से जा रहे

थे। दिनेश उन्हें देखकर चिल्ला रहा था- "जो पियरी थामे, पियरी उसकी।"

सब लोगों ने धीरे से माही को उठाया। उसकी नाक से ख़ून बह रहा था और पूरा चेहरा बिगड़ गया था। उसने दिनेश का सहारा लिया और उसके गले लग गया। दिनेश ने उसे कहा, "तुम घर जाओ। और ध्यान रहे- मुट्ठी फोकट में नहीं खुली रही।" माही मुस्कुरा दिया।

पियरी का काफ़ी हिस्सा माही के ख़ून से रंग गया था। वह घाट उतरकर नीचे गया और मुँह पर पानी मारने लगा। उसके मुँह से धुलकर ख़ून सरजू को चढ़ रहा था। उसने पियरी को पानी में डुबोया और बाहर निकाला। फिर उसके एक सिरे को थोड़ा-सा फाड़ा और सरजू में बहा दिया। पियरी का टुकड़ा पानी का साथ मिलते ही तेज़ी से बह निकला। माही अपने घर की ओर जा रहा था। बहुत समय बाद आज शायद सरजू ने पियरी को स्वीकार लिया था।

अब के बरस

साहिल के सामने शंभू अपने पैर के पंजों को हाथों में थाम ज़ोर-ज़ोर से चिल्ला रहा था। असहनीय दर्द में वो उठ भी नहीं पा रहा था। साहिल को समझ नहीं आया कि क्या करे? सेना के जवानों को बुलाए या ख़ुद कुछ करे? या फिर कुछ भी ना करे। शंभू को इस तरह दर्द में बिलखते देख कहीं-न-कहीं उसे मज़ा भी तो आ रहा था। वह सोच रहा था- 'भगवान तो शंभू के ही हैं, क्षेत्र भी उसके भगवान का, लेकिन पता नहीं प्रार्थना उसकी कैसे सुन ली गई है!' उसका दिमाग़ कई तरीक़ों से दौड़ रहा था, वो सोच रहा था- 'थोड़ी देर शंभू को ऐसे ही दर्द में पड़ा रहने दिया जाए, उसके दर्द का आनंद उठाया जाए। वैसे भी घर पहुँच के कौन-सी रिश्तेदारी हो जानी है!'

ख़ास बात ये भी है कि न दोनों की जात एक-सी और न ही... ख़ैर, उसने अपने दिमाग़ को झटकारा और...

पहाड़ों ने धीरे-धीरे सफ़ेद पड़ना शुरू कर दिया था। नवंबर की शुरुआत थी। श्री पाँच मंदिर समिति के मुख्यालय के कर्ताधर्ता जगतश्री रावल के चेहरे पर एक अजीब-सी बेचैनी नज़र आ रही थी। उन्होंने कार्यालय के बाहर निकलकर ऊपर पहाड़ों की तरफ़ देखा, फिर ज़ोर से अपने सेवादार को आवाज़ लगाई। पलक झपकते ही सेवादार उनके सामने खड़ा था। रावल जी उस पर बरस रहे थे। दरअसल आज तीन दिन हो चुके थे लेकिन शंभू और साहिल का कहीं कोई अता-पता नहीं था। ऐसा पहले कभी नहीं हुआ। सेवादार ने बताया कि दोनों ही दो दिन से घर नहीं पहुँचे हैं। रावल जी की आवाज़ में और तल्ख़ी आ गई- "नहीं पहुँचे मतलब? क्या भागीरथी बहा ले गई उनको?

आज शाम तक दोनों हमें यहाँ मिलने चाहिए, बर्फ़ मुहाने पर आने को है और... अब खड़े-खड़े मुँह क्या देख रहे हो? जल्दी जाओ!" सेवादार तुरंत जी में गर्दन हिलाकर भागा। लेकिन उसे समझ नहीं आ रहा था कि वो इन दोनों अधेड़ों को कहाँ ढूँढे?

कहाँ ढूँढे का सवाल दोनों के परिवार में भी चल रहा था। दोनों ही परिवारों में रावल जी से ज़्यादा इस बात का डर था कि कहीं दोनों ने घर तो नहीं छोड़ दिया! वैसे भी दोनों की इस बार धाम में रुकने की बिलकुल भी इच्छा नहीं थी।

ख़ैर, आख़िरकार ढूँढने से भगवान मिल जाते हैं। कहने को ये कहावत थी लेकिन आधुनिक युग में चरितार्थ हुई, साथ में ये भी साबित हुआ कि भगवान वो होते हैं जिनकी हमें ज़रूरत होती है। और जिसकी ज़रूरत होती है हम उसे ही ढूँढते हैं। शंभू एक बाबा के साथ चिलम साझा करते हुए पाया गया। चिलम की पिनक में उसे होश नहीं था और वो गंगोत्री से थोड़ा ही नीचे हर्षिल के पास एक छोटी-सी गुफ़ा में पड़ा हुआ था। वहीं साहिल बिना बताए नीचे हरिद्वार अपने एक रिश्तेदार के यहाँ चला गया था। उसके रिश्तेदार के यहाँ बीते दिनों एक हादसा हुआ था। भीड़ ने किसी अफ़वाह के चलते उसकी दुकान में तोड़-फोड़ कर दी थी। वो कई दिनों से उनसे मिलने को बेचैन था। वैसे कम ही लोग जानते थे कि जिसकी दुकान में तोड़-फोड़ हुई थी, साहिल उनका रिश्तेदार था। साहिल ने भी इस बात को कभी ज़ाहिर नहीं किया। उसे भी डर था कि कहीं इस रिश्ते की भनक उसके परिवार तक वो आँच ना पहुँचा दे जिसकी आग नीचे हरिद्वार को गर्म कर रही थी।

शाम का वक़्त था, शंभू और साहिल गर्दन झुकाए रावल जी के सामने खड़े थे। दोनों की उम्र चालीस से ऊपर की थी, लेकिन अभी उनकी हालत ठीक उस बच्चे की तरह थी जो होमवर्क करना जान-बूझकर भूल जाता है और टीचर की डाँट खाने के दौरान मन-ही-मन सोच रहा होता है कि अब मास्साब बस डाँटकर ख़त्म करें और होमवर्क दोगुना ना करें।

चढ़ावे में आए हुए मेवों पर ही जीवन-यापन करने वाले रावल जी का

गुलाबी चेहरा अब लाल हो गया था। काफ़ी देर से उनके चेहरे की रंगत लाल-गुलाबी, गुलाबी-लाल हो रही थी। वो लगातार शंभू और साहिल को उनकी औक़ात दिखाने में लगे थे। साथ ही गंगा के प्रकोप की चेतावनी भी जारी कर रहे थे। वो उन्हें बता रहे थे कि उन दोनों के पिता किस तरह ज़िम्मेदार थे, वो हमें पता चलने से पहले आकर बता दिया करते थे कि मौसम बदल गया है, माँ की प्रतिमा को नीचे ले जाने का वक़्त आ चुका है। पट बंद होने की तिथि तय करने में पंचांग के साथ उनकी सलाह का भी सम्मान किया जाता था। उन दोनों को अंदाज़ा भी नहीं था कि वे कितने वफ़ादार परिवार में पैदा हुए थे, और किस तरह दोनों परिवारों की गंगा में आस्था थी, वग़ैरह-वग़ैरह। शंभू और साहिल की गर्दन नीचे से ऊपर नहीं हो पा रही थी। ऐसा लग रहा था कि थोड़ी देर में वो झुकते-झुकते नीचे ज़मीन पर पड़ी होगी।

रावल जी बोलते हुए हाँफ रहे थे, उनकी साँस के चलने की गति का पता उनकी तोंद के ऊपर-नीचे होने से चल रहा था। लेकिन उनका बोलना नहीं रुका था। पिछले दो दिनों से शंभू और साहिल के ना मिल पाने से जो ग़ुबार उनके अंदर भरा हुआ था, साथ ही मंदिर को अब कौन सँभालेगा इस बात का जो डर बैठ गया था, उसका निकलना अभी बाक़ी था। वो जानते थे कि धीरे-धीरे गंगोत्री भी सिमट रही थी। अब बस एक डर ही था जिसका सहारा लेकर इस आस्था को ज़िंदा रखा जा सकता था। तो रावल जी उसी डर का इस्तेमाल करते हुए गंगा के प्रकोप से उन दोनों के परिवार पर पड़ने वाले असर, वर्तमान में जो उनकी आस्था कम हो रही है उसकी वजह से उनके घरों में जो दिक़्क़तें आ रही हैं, आगे और कितनी भयानक तस्वीर बन सकती है जैसे नाना प्रकार के डरों की थाली उनके सामने परोसकर उन्हें जबरन ठुँसा रहे थे। वो दोनों भी इस डर को खाने को मजबूर थे।

वक़्त आ गया था, गंगोत्री में स्थापित गंगा मैया और उनकी देख-रेख करने वालों सहित, उनके नाम पर परिवार और बाज़ार चलाने वालों को अब गंगोत्री छोड़ना होगा। वैसे तो ये हर साल होने वाला काम था। लेकिन धीरे-धीरे ये वक़्त सिमट रहा था और लालच फैल रहा था। अब गंगोत्री में पसरा बाज़ार मैया को नीचे नहीं ले जाना चाहता था। उसे सर्दियों में पड़ने वाली बर्फ़ बुरी

लगने लगी थी। हालाँकि अब बर्फ़ ने ख़ुद को जमाए रखने का सिलसिला कम कर दिया था। पहले जहाँ वो छह-छह महीने बनी रहती थी, वहीं अब उसने ख़ुद को समेटकर दो-तीन महीने पर ला दिया था। गंगोत्री को ये दो महीने भी अखरने लगे थे।

गंगा मैया से मतलब था, वो मूर्ति जिसे गंगोत्री के मंदिर में स्थापित कर गंगा के प्रति आस्था का मेला लगाया गया था। यह सालों पहले की बात है। पहले इस मेले में परंपरा, रोज़गार, सच्ची आस्था और गंगा को देखने का आत्मिक सुख शामिल था। इसमें स्वार्थ कम और आस्था ज़्यादा थी। फिर धीरे-धीरे आस्था का यह मेला बाज़ार में बदल गया। गंगा का डर दिखाने वाले रावल जी के पूर्वज और उनसे डरने वाले शंभू और साहिल या तमाम तीर्थयात्रियों के पूर्वजों के मन में गंगा के प्रति आस्था स्वाभाविक थी। वो प्रकृति से इस क़दर जुड़े थे कि ख़ुद को उससे अलग सोचते ही नहीं थे। बर्फ़ का पड़ना और पूरे क़स्बे का नीचे उतरकर मुखबा आ जाना, मंदिर की देखभाल के लिए दो लोगों का पाँच महीने तक वहाँ रुकना, जो लोग रुक रहे थे, उनकी पूरी व्यवस्था करना। और इस बीच नीचे रह रहे उनके परिवार की भी हर ज़रूरत का ख़याल रखना, ये मंदिर से ज़्यादा गाँव के बाशिंदों की ज़िम्मेदारी हुआ करती थी। सब मिलकर इस दायित्व को ठीक वैसे ही निभाते थे जैसे मैदानी बसाहटों में नवरात्रि के दौरान भंडारे के आयोजनों को निभाया जाता था। जहाँ मोहल्ले में बनाई गई झाँकी में लगे लाउडस्पीकर से भंडारे की घोषणा करके लोगों से खाने के सामान के योगदान को कहा जाता और पूरा मोहल्ला अपने सामर्थ्य के हिसाब से सामान दे जाता। यहाँ तक कि हलवाई भी ख़ुद ही सेवा देने आ जाते और मोहल्ले की महिलाएँ मिलकर एक साँझा चूल्हा बना लेतीं। सबका थोड़ा-थोड़ा सामर्थ्य मिलकर जो सामर्थ्य इकट्ठा होता था वो इतना होता कि पूरा मोहल्ला ही नहीं, आस-पड़ोस के ग़रीब परिवार और ना जाने कितने लोग भरपेट खाते, फिर भी खाना बच जाता। ऐसा कभी याद नहीं पड़ता कि किसी भंडारे में खाना कम पड़ गया हो।

लेकिन अब वक़्त थोड़ा बदल गया है। अब गंगोत्री जाने वाले तीर्थयात्री कम ट्रेवलर ज़्यादा होते हैं। वो किसी ट्रिप का पैकेज तैयार करने वाली कंपनी के ज़रिये चार धाम की यात्रा करते हैं। सरकार चारों धाम तक पहुँचने के लिए

फ़ोर लेन सड़क भी बना रही है, जिससे यात्री अपनी गाड़ी में सवार होकर फटाक से चारों धामों के दर्शन कर लें। पाँच महीने पड़ने वाली बर्फ़ के दो-तीन महीने में सिमटने से गंगोत्री के बाशिंदों के साथ ही पर्यटन उद्योग ख़ुश है। रावल जी इसलिए ख़ुश थे क्योंकि जितना पट खुले रहेंगे उतना चढ़ावा आता रहेगा। शंभू-साहिल के ख़ुश होने की वजह साफ़ और सीधी थी, ज़्यादा वक़्त तक रुकना नहीं होगा।

जैसे ही बर्फ़ पड़नी शुरू होती है गंगा मैया की मूर्ति नीचे उनके गाँव मुखबा में स्थापित कर दी जाती है। मुखबा यानी गंगा का मायका, यहाँ मूर्ति स्थापना के पीछे सीधा-सादा बाज़ार का गणित है, चढ़ावा रुकना नहीं चाहिए। चढ़ावे की अविरलता गंगा की अविरलता से ज़्यादा अहमियत रखती है। इसलिए अगर भक्त भगवान तक नहीं पहुँच पा रहे तो भगवान को ही भक्त तक पहुँचा दिया जाता है।

अगले तीन महीने तक शंभू और साहिल वहीं रहने वाले थे। जब तक गंगोत्री में बर्फ़ रहेगी, तब तक शंभू और साहिल को अपने पुरखों की परंपरा को निभाना था। पूरा क़स्बा ख़ाली, परिंदा भी जहाँ जाकर ख़ुद को सर्दी में सिकोड़ने की नहीं सोच सकता था, वहाँ वो दो लोग अपने पूर्वजों के चलन को निभाने वाले थे। उनका साथ देने के लिए बस वहाँ पर थोड़ी दूरी पर मौजूद चौकी में सेना और आईटीबीपी के कुछ जवान रहने वाले थे और कुछ संत भी जिन्हें वहाँ पर देखकर वो अक्सर यही सोचते थे कि इस दुर्गम मौसम में इनको तपस्या करने में मज़ा क्या आता है? ना इससे कुछ मिल रहा है ना ये कुछ दे रहे हैं।

सारा इंतज़ाम हो चुका था, चार महीने का राशन, ईंधन, जलाने के लिए लकड़ियाँ और बैट्री जो कुछ दिनों की ही मेहमान थी, क्योंकि लाइट ना होने के कारण उसे चार्ज कर पाना मुश्किल ही नहीं नामुमकिन था। अब फ़ोन आ गए थे तो उनकी चार्जिंग भी करनी पड़ती थी, जिसके लिए सेना के जवानों की मनुहार करनी पड़ती है। वैसे अकेले रहते-रहते सब के बीच एक रिश्ता पनप ही जाता है।

सबसे अनोखा गणित दारू का है। क़स्बे में शराबबंदी है। कोई भी सेवादार नशा नहीं कर सकता लेकिन इन दोनों के राशन के स्टॉक में रम की

बोतलें भी होती हैं। लेकिन इस बार मामला कुछ अलग था।

कुछ ऐसा हो गया था जिसकी वजह से शंभू और साहिल एक-दूसरे की शक्ल तक नहीं देखना चाहते थे, उस पर तीन महीने साथ रहना। उनके बीच चल रही तनातनी किसी से छिपी नहीं थी। यहाँ तक कि रावल जी को भी इस बात की भनक थी, लेकिन रावल जी ध्यान करना जानते थे। कुछ मुद्दों पर उनके ध्यान का कोई सानी नहीं था। वो अपने लक्ष्य से बिलकुल भी नहीं डिगते थे, ख़ासकर तब तो बिलकुल भी नहीं जब उससे उनका लाभ जुड़ा हुआ हो। तो यहाँ भी 'भाड़ में जाए तुम दोनों की लड़ाई' वाली सोच आगे रखते हुए उन्होंने घोषणा कर दी कि फटाफट सारी तैयारियाँ कर ली जाएँ।

साहिल अपने कपड़े-लत्ते बाँध रहा था और कुछ ज़रूरत का सामान जो उसे वहाँ नहीं मिलने वाला था। उसके सामान बाँधने की गति देखकर कोई भी कह सकता था कि उसका जाने का मन बिलकुल नहीं था, वो तो बुझे मन जाने को तैयार हो रहा था। घर वाले उसकी मदद करने में जुटे थे। इस वक़्त उसकी हालत ठीक उस छोटे बच्चे की तरह थी जो पहले दिन और आगे के कई सुबह-सुबह स्कूल जाते समय सोचता है कि आज कुछ तो ऐसा हो जाए, मतलब बारिश ही हो जाए या फिर वही यूँ ही चकराकर गिर जाए, कुछ भी हो पर उसका जाना रद्द हो जाए। वहीं दूसरी तरफ़ उसके माँ-बाप इस तरह उत्साह दिखा रहे थे जैसे सब मिलकर इस मुश्किल वक़्त को निकाल लेंगे।

दूसरी तरफ़ शंभू के भी यही हाल थे। कपड़ों और ज़रूरत के सामान को बाँधते हुए वो सोच रहा था कि पता नहीं इस परंपरा से कब मुक्ति मिलेगी। सुबह से बस पुरखों को ही तो कोस रहा था वो। एक तो वैसे भी कमाई के नाम पर सिर्फ़ रस्म-अदायगी होती है, उस पर वो जानता था कि उसे किसके साथ रहना है। लेकिन वो कुछ नहीं कर सकता था। आख़िर पूरे इलाक़े में उसका ही परिवार था जो बरसों से इस ज़िम्मेदारी को निभाता आ रहा था। वो सोच रहा था कि बस अर्जुन जल्दी से बड़ा हो जाए और कुछ काम में लगे तो फिर इन झंझटों से निजात मिले।

तैयारी सिर्फ़ शंभू और साहिल के घर पर नहीं चल रही थी। मंदिर की

तैयारियाँ भी ज़ोरों पर थीं। नवंबर का महीना है, बर्फ़ ने जमना शुरू कर दिया है। क़स्बे के सभी परिवार नीचे जाने की तैयारी में व्यस्त हैं। कुछ लोग मुखबा, कुछ हरिद्वार, कुछ उत्तरकाशी तो कुछ परिवार दिल्ली में बहू-बेटे के पास जाने की तैयारी में हैं।

कहते हैं शक का इलाज हकीम लुक़मान के पास भी नहीं था। जब आप किसी ग़लतफ़हमी का शिकार हो जाते हैं तो फिर बच पाना बेहद मुश्किल हो जाता है। शंभू और साहिल के साथ भी ऐसा ही कुछ हुआ था। बीते दिनों लगातार, अलग-अलग तरीक़ों से कुछ ऐसा घट रहा था, जिसने हर आदमी के मन में एक बात बिठा दी थी कि अगर ख़ुद को बचाना है तो धर्म को बचाना होगा। सारे धर्म ख़तरा महसूस कर रहे थे। धर्म का ये ख़तरा, धरती पर मंडराते प्रदूषण के ख़तरे, नदियों के ख़त्म होने के ख़तरे, लगातार बढ़ती आपदाओं के ख़तरे से कई गुना बड़ा था। पूरी दुनिया एक अनकहे धर्मयुद्ध को लड़ने के लिए तैयार बैठी थी। धीरे-धीरे युद्ध डिजिटल भी होता जा रहा था। शंभू भी ख़ुद को इसी युद्ध का एक योद्धा मान रहा था। वहीं साहिल को इस बात की चिंता थी कि उसकी बेटी, जिसकी शंभू के बेटे के साथ ज़्यादा मिलने-जुलने की ख़बरें उड़ रही हैं, कहीं वो घर वापसी जैसी कोई साज़िश तो नहीं?

वैसे रावलों की तरह ये लोग भी कई पीढ़ियों से यहीं काम कर रहे हैं। लेकिन इन दोनों परिवारों के बीच एक पेंच है। ये वो पेंच है जिसके बारे में पिछले कई दशकों से किसी ने कुछ नहीं सोचा था लेकिन अब ये सोच धीरे-धीरे दिमाग़ों में घर करती जा रही है।

साहिल और उसके परिवार का मुस्लिम होना कभी भी इस काम में आड़े नहीं आया। दोनों ही परिवारों में पिछली कई पीढ़ियों से एक-दूसरे का सम्मान और सम्मानजनक दूरी बनी रही। सम्मान यानी दोनों एक-दूसरे का खाना खाते हैं, दारू पीते हैं, परिवारों में मेलजोल है, गंगा से दोनों ही जीविका कमाते हैं। मंदिर की एक साथ सेवा करते हैं, एक तरह से इस सीजन में वे मंदिर के मालिक होते हैं। और सम्मानजनक दूरी मतलब- मंदिर के मामले में शंभू का सामाजिक रुतबा बड़ा है, दूसरा वो रावल जी के पैर छूकर आशीर्वाद ले सकता है जबकि साहिल और उसके परिवार बस दूर से पायलागी तक

ही सीमित हैं। दोनों ही परिवार ये भी जानते हैं कि रावल जी से उन्हें कितनी दूरी तक सीमित रहना है। कुल मिलाकर आपसी सामंजस्य का एक बेहतरीन नमूना जो पिछली कई पीढ़ियों से निभाया जा रहा है।

लेकिन अब साहिल की बेटी सोनी का शंभू के बेटे अर्जुन से मेल-जोल दोनों परिवार के बीच तनाव का कारण बन गया है। और अब वे सारे मुद्दे मुँह उठा रहे हैं जो अब तक धर्म के नाम पर परेशान नहीं करते थे। यहाँ तक कि साहिल को मंदिर में लाया ही नहीं जाना चाहिए जैसे सवाल भी खड़े हो रहे थे। ऐसा नहीं है कि रावल जी धर्मनिरपेक्षता की मिसाल हैं, वो ख़ुद भी साहिल के रहने को लेकर थोड़े असमंजस में रहते हैं लेकिन वो ये जानते हैं कि ये काम पीढ़ियों से चला आ रहा है। और फिर किसी सधर्मी को इतने दिनों के लिए अकेले, इतनी भयानक सर्दी में, इतने ख़तरों में रहने के लिए मनाया भी नहीं जा सकता। इसलिए उनके सामने कोई दूसरा विकल्प नहीं है।

पूरा क़स्बा नीचे उतर चुका था। अब बस वहाँ पर एक नीरवता पसरी पड़ी थी। भागीरथी की ऊपरी परत भी कई जगह जम गई है। जिसके कुछ हिस्से में उठती छोटी-छोटी लहरें कोलाहल पैदा कर देती थीं। पहाड़ तो लगता है और शांत हो गए थे। अब उनकी हालत उस बूढ़े की तरह हो चुकी थी जिसको लगता है कि उसकी चलाचली की बेला है और उसका बिगड़ा बेटा ठीक होने को राज़ी नहीं है। साथ ही अपनी बात ना सुनी जाने का दुख उसे और चुप कर देता है। वो शांत खड़ा हुआ बस लोगों की क्षणिक ख़ुशी पर चिंतित था।

शंभू और साहिल के बीच अबोला था तो वहाँ भी शांति पसरी हुई थी। अभी हफ़्ताभर ही गुज़रा था लेकिन अकेले इंसान को जब समय काटना होता है तो घड़ी धीरे चलने लगती है। बस दोनों के बीच इस अबोले में पारिस्थितिकीय तंत्र के अनुकूलन के सिद्धांत का नमूना ज़रूर देखने को मिल जाता है। जिस तरह पानी में पड़ी भैंस अपने ऊपर पक्षियों को इसलिए सवारी करने देती है ताकि वो उसके शरीर से चिपके कृमियों को खा लें। और चिड़िया पीठ पर इसलिए सवार होती है क्योंकि उसका पेट भर रहा है। दरअसल हम जीवित प्राणियों को रचा ही इस तरह गया है कि हम पैदाइशी स्वार्थी होते हैं।

क्योंकि बिना स्वार्थ के परमार्थ कर पाना या समझ पाना मुश्किल होता है। लेकिन समस्या ये होती है कि हम इतने आत्मकेंद्रित हैं कि स्वार्थ के आगे सोच ही नहीं पाते हैं। मज़े की बात ये है कि हम में से ज़्यादातर अंजाने में ही इस आत्मकेंद्रित मानसिकता के शिकार होते हैं। हमें अगर ज़रूरत नहीं हो तो हम किसी से बात तक ना करें। दरअसल दो प्राणियों के बीच साझेदारी एक बेमानी-सी बात है, साझेदारी वो होती है जिसमें एक करता है दूसरा भुनाता है। जिसे हम साझेदारी कहते हैं उसमें भी अक्सर एक पीछे और दूसरा आगे रहता है, साथ में चलते हुए दिखना महज़ एक भ्रम होता है। चाहे फिर वो किसी काम की साझेदारी हो या फिर महज ज़िंदगी की ज़रूरत की हो।

शंभू और साहिल जिस इंसानी रिश्ते से बँधे हुए थे उसमें एक उचित दूरी का भाव तो हमेशा से ही था। इस उचित दूरी के भाव के साथ उनकी कितनी ही पीढ़ियाँ गुज़र चुकी थीं। हर बार वो साझेदार ऊँचा हो जाता था जिसका पलड़ा भारी होता था यानी जो सत्ता पर क़ाबिज़ होता था। उसकी कही हर बात देशहित में थी और दूसरे की सोच देशद्रोही। ज़रूरतें भी इसी तरह तय हुई थीं और इसी तरह चल रही थीं। जिसके हाथ में सत्ता होती है वो सोचता है कि उसका हर पत्ता चलेगा। वो भीड़ में रहे या बियाबाँ में, वो यह मानकर चलता है कि इस इंसानी साझेदारी में मेरा हिस्सा बड़ा है। लेकिन कई बार ज़िंदगी हमें ऐसी जगह लाकर पटकती है जहाँ पर ज़िंदगी इतनी बड़ी हो जाती है कि सारी साझेदारियाँ बराबर हो जाती हैं, फिर चाहे वो इंसान से हो, जानवर से या फिर पेड़-पौधों से।

अगर ज़िंदा रहना है तो उस साझेदारी को निभाना होगा, ये बात शंभू और साहिल दोनों अच्छी तरह जानते थे, इसलिए तमाम कटुता के बाद बिना बात किए भी दोनों अपने सामान को साझा करके ही इस्तेमाल करते। मसलन खाना एक ही चूल्हे पर बनता, अलाव एक ही जलता और रम की बोतल एक बार में एक ही खुलती। ऐसी बहुत-सी चीज़ें जिनको बाँटकर काम चलाने में ही भलाई थी, वो बिना बात किए भी बाँटकर इस्तेमाल हो रही थी।

बस दोनों को बर्फ़ के पिघलने का इंतज़ार था। दोनों को इस बात की राहत भी थी कि अब बर्फ़ उतनी नहीं जमती है जितनी पहले जमा करती थी। महीने भी सिकुड़कर पाँच से तीन हो गए हैं। इसे पूरा क़स्बा, पर्यटन उद्योग,

रावल जी और शंभू-साहिल गंगा के वरदान के तौर पर देख रहे थे। उन्हें लगता था कि जितनी जल्दी बर्फ़ छँटेगी उतनी जल्दी ही द्वार खुलेंगे और लोगों का आना-जाना शुरू होगा। भीड़ का मतलब धंधा। जो सब करना चाहते थे।

सुबह-सुबह का वक़्त था। शंभू गंगोत्री के किनारे बैठा हुआ था। वो सीढ़ियों से सटे पानी को देख रहा था। देखते-ही-देखते पानी ठोस होने लगता और फिर थोड़ी देर में लहर अपने ऊपर ओढ़ी बर्फ़ की चादर को ख़ुद-ब-ख़ुद हटा देती। शंभू आज भी सीढ़ियों पर बैठा नहाने की हिम्मत कर रहा था, वो ऐसा पिछले कई दिनों से कर रहा था। लेकिन मामला सीढ़ियों से आगे बढ़ ही नहीं पाया। फिर एकाएक हिम्मत लौटी- हर साल एक बार तो डुबकी लगाता ही हूँ, इस बार ऐसा क्या है कि नहीं करूँगा... फिर सोचता, 5 सेकेंड भी इस पानी में रहना मतलब फालिज पड़ जाना है। उस पानी में इतनी ठंडक थी कि शरीर ही नहीं दिमाग़ को भी पल भर में सुन्न कर देने की ताक़त रखती थी। आज फिर वो रोज़ की तरह कुछ बूँद अपने ऊपर छिड़कने वाला था। वैसे भी रोज़ उसका यही तो नियम है। डुबकी फिर किसी दिन लगा ली जाएगी। हालाँकि डुबकी लगाना आसान इसलिए भी नहीं था क्योंकि भागीरथी पर पतली बर्फ़ की चादर पड़ गई थी, जिसके नीचे भागीरथी बह रही थी। कहीं-कहीं पर ज़रूर थोड़ा-बहुत पानी नज़र आ जाता था।

साहिल भी सुबह की नमाज़ पढ़ने से पहले उसी पानी से वज़ू करता था। सीढ़ियों पर बैठा शंभू पानी में हाथ डालकर छींटे मारने को ही था कि अचानक उसका पैर फिसला और वो जमी हुई भागीरथी में गिर पड़ा। उसके वज़न से जमी हुई बर्फ़ में दरार पड़ गई। वो पानी के अंदर जाता इससे पहले ही उसने तुरंत पास पड़ी चट्टान को पकड़ लिया, नहीं तो कोई बड़ी अनहोनी हो सकती थी। लेकिन जैसे ही वो अपनी ताक़त समेटकर रेंगता हुआ ऊपर पहुँचा और उसने खड़ा होना चाहा, उसके पैर में एक बेहद चुभने वाला दर्द उठा जिससे उसके मुँह से एक चीख़ निकल गई। पास ही एक चट्टान के किनारे खड़े हुए साहिल ने जब उसकी आवाज़ सुनी तो उसने वहीं चट्टान के ऊपर से गर्दन उठाकर देखा कि आख़िर माजरा क्या है। पल भर में ही उसे सारी घटना समझ आ चुकी थी। शंभू अपने पैर को ऊपर उठाए चीख़ रहा था। शायद उसका

टखना मुड़ गया था, जिसकी वजह से उसे मोच आ गई थी या शायद हड्डी ही चटक गई थी।

शंभू को इस तरह बिलबिलाता देख साहिल को मन-ही-मन ख़ुशी मिल रही थी। साहिल को समझ नहीं आया कि क्या करे? सेना के जवानों को बुलाए या ख़ुद कुछ करे? या फिर कुछ भी ना करे। शंभू को इस तरह दर्द में बिलखते देख कहीं-ना-कहीं उसे मज़ा भी तो आ रहा था। वह सोच रहा था- 'भगवान तो शंभू के ही हैं, क्षेत्र भी उसके भगवान का, लेकिन पता नहीं प्रार्थना उसकी कैसे सुन ली गई है?' उसका दिमाग़ कई तरीक़ों से दौड़ रहा था, वो सोच रहा था- 'थोड़ी देर शंभू को ऐसे ही दर्द में पड़ा रहने दिया जाए, उसके दर्द का आनंद उठाया जाए। वैसे भी घर पहुँच के कौन-सी रिश्तेदारी हो जानी है!'

शंभू की आँखों से अब आँसू बहने लगे, जिसे देखकर साहिल ज़्यादा देर तक ख़ुशी नहीं मना सका। उसने दुआ क़बूल करने वाली बात को दिमाग़ से झटकारा, सेकेंड भर में दिमाग़ के बाइस्कोप में शंभू के साथ गुज़ारे अच्छे पलों की तस्वीर घूम गई। उसने ख़ुद को धिक्कारा, वो नमाज़ अदा करने जा रहा था। वो शंभू की ओर बढ़ गया। वैसे साहिल ने शंभू को तभी देख लिया था जब उसे चोट लगी थी। लेकिन आराम से चलते हुए वह शंभू तक पहुँचा। सर्दी हाड़ को कँपा रही थी, उस पर शंभू की चीख़ बर्दाश्त के बाहर थी। शंभू अपने पैरों को पकड़े हुए अभी भी रोये जा रहा था। जैसे ही उसकी नज़र साहिल पर पड़ी वो ज़ोर से चीखा- "अबे सोच क्या रहा है?"

"यही सोच रहे हैं कि तुमको लेकर कैसे जाएँ!" सोचते-सोचते एकाएक साहिल ने शंभू को पकड़ा और उसके चोट वाले पैर को जमी हुई नदी के एक हिस्से में, जहाँ बर्फ़ की परत बेहद पतली थी, डाल दिया। उस सर्द पानी में पैर डालते ही शंभू का दर्द बढ़ गया। वो फिर चिल्लाया- "कुत्तेsss"

साहिल ने शंभू के गाली बकने पर कोई ध्यान नहीं दिया, वो अपना काम करने में लगा हुआ था। थोड़ी देर तक उसके पैर को पकड़कर पानी में पड़ा रहने दिया। थोड़ी देर बाद जब पैर बाहर निकाला तो दर्द कम था। अब उसने

शंभू का एक हाथ अपने कंधे पर डालकर उसे उठाया और कोठरी की ओर ले गया। अंदर बिछे तखत पर लिटाकर उसने शंभू के पैर को अपनी गोदी में रखा और ध्यान से देखने लगा। पैर में सूजन तो अभी भी थी लेकिन ठंडे पानी की वजह से दर्द से राहत थी। उसने शंभू के पैर के नीचे एक तकिया लगाया और पीने का गुनगुना पानी देकर बाहर चला गया।

शाम होने को थी। सुबह का गया साहिल अभी तक आया नहीं था। शंभू के मन में तमाम ख़याल आकर जा चुके थे। दर्द से भी अब उसकी दोस्ती हो चुकी थी, इसलिए वो भी रह-रहकर उसे अपने होने का अहसास करा देता था। साहिल को लेकर उसका मन आशंकित हो रहा था। वो सोच रहा था कि ऐसे ही किसी दिन वो और साहिल मर ही जाएँगे, किसी को पता भी नहीं चलेगा। हो सकता है मरने के बाद यहीं पर उनकी याद में एक पत्थर लगा दिया जाए। हो सकता है इसके बाद परिवार की बदहाली दूर हो जाए।

सोचते-सोचते एकाएक शंभू के चेहरे पर तनाव पसर गया। कहीं साहिल की बेटी को अर्जुन घर ले आया तो? इससे तो समाज में उसकी बड़ी बदनामी हो जाएगी। आख़िर समाज में उसका रुतबा साहिल से बड़ा है। विचार घूमकर फिर साहिल पर आ गया कि आख़िर वो गया कहाँ। इसी उधेड़बुन के बीच पैरों की आवाज़ ने उसका ध्यान खींचा। तखत पर लेटे-लेटे उसने अपनी गर्दन को उठाकर देखा तो साहिल कमरे के अंदर आ रहा था, उसके साथ सेना के दो जवान भी थे।

साहिल ऊपर सेना के कैंप तक मदद लेने गया था। सेना का एक जवान उसके पैरों को जाँच रहा था और शंभू लेटे-लेटे चुपचाप साहिल को देखे जा रहा था। थोड़ी देर जाँचने के बाद पता चला कि उसके पैर में बहुत बारीक-सा फ्रैक्चर हो सकता है। बिना एक्स-रे के ठीक पता कर पाना तो मुश्किल है लेकिन एहतियातन उसके पैरों पर पलस्तर चढ़ा दिया गया। सेना के जवान का कहना था कि दो हफ़्ते चढ़े रहने के बाद ये पता चल जाएगा कि पैर की क्या स्थिति है। दो हफ़्ते तक उसे हिलना-डुलना नहीं था। बस ज़रूरी कामों के लिए वो सहारा लेकर जा सकता था। जवान ने भरोसा दिया कि वह हफ़्ते-दस दिन में एक बार फिर आ जाएगा। वैसे भी इन महीनों में सेना के जवान अक्सर वहाँ बैठक के लिए आ जाते थे। उन्हें साहिल के हाथ का बना हुआ

खाना अच्छा लगता था। जब शराब ख़त्म हो जाती तो सेना ही उन लोगों की मदद करती। ये ज़िंदगी को जीने का एक आपसी सामंजस्य था।

बर्फ़ अभी जमी हुई ही थी। हो सकता है उसका कोई कण पिघलकर फिर जम रहा हो। कभी-कभी हमारा अंतर्द्वंद्व इसी जमी हुई बर्फ़ की तरह होता है। जब किसी भाव की गर्मी से वो पिघलता है तो उसी क्षण दूसरे भाव की ठंडक उसे जमा देती है। हफ़्ता गुज़र चुका था।

शंभू को ख़ुद अब अपने पैरों में थोड़ा-थोड़ा सुधार लगने लगा था। साहिल ने शंभू की देख-रेख में कोई कोर-कसर नहीं छोड़ी थी। उसकी शौच से लेकर उसके खाने-पीने तक हर चीज़ का उसने बराबर ख़याल रखा। एक भी दिन ऐसा नहीं हुआ कि उसे बिस्तर से उठना पड़ा हो। शंभू के बोलने से पहले उसकी ज़रूरत का सामान उस तक पहुँच जाता। एक इंसान था जो दूसरे इंसान की मदद कर रहा था। लेकिन धर्मों के बीच अबोला बरक़रार था।

इस हफ़्ते साहिल वहाँ भी चक्कर लगा आया था जहाँ पर जाने की आमतौर पर उसे मनाही होती थी। कोई खुला आदेश नहीं था बस आपसी समझ से चली आ रही व्यवस्था थी कि वो मंदिर के भीतर नहीं जाता था। ख़ुद साहिल के मन में भी एक संकोच रहता था। इस धरती पर मौजूद सभी धर्मों में सिर्फ़ एक चीज़ की कमी है या जान-बूझकर रखी गई है, वो है सहजता। धर्म के एजेंटों ने भगवान के घर की सबसे ज़्यादा घेराबंदी कर रखी है। उसे मालूम है कि प्रांगण के अंदर सवालों से मुक्ति है, डर से आज़ादी है, सहजता है और आनंद है। लेकिन अगर किसी भी इंसान को ये सब चीज़ें आसानी से उपलब्ध हो जाएँ तो फिर एजेंटों का क्या महत्त्व रह जाएगा। इसलिए दरवाज़ों पर ताले लगा दिए गए हैं। बर्फ़ के ये महीने साहिल और शंभू के लिए उन्हीं तालों को खोलने का वक़्त होता है।

फिर भी ताले पूरी तरह खुलते नहीं थे। शंभू को लगता था कि ये उसके भगवान का घर है। तो उसके अंदर अपने-आप ही एक ठेकेदार की आत्मा प्रवेश कर जाती। अक्सर ऐसा होता कि वह मंदिर के भीतर साफ़-सफ़ाई करता और साहिल बाहर प्रांगण की।

लेकिन पिछले एक हफ़्ते में साहिल ने उस छोटे बच्चे की तरह मनमर्ज़ियाँ की, जिसे उसके माँ-बाप घर में अकेला छोड़कर चले जाते हैं तो सबसे पहले

वो उन अलमारियों, संदूक़ों और कोनों को खँगालता है जिसके लिए उसे हमेशा मना किया जाता रहा हो। साहिल ने भी कई दरवाज़ों को खोला और अंदर झाँका कि ऐसा क्या है जो वो नहीं जानता।

साहिल रसोई में खाना बना रहा था। शंभू को पेशाब लगी हुई थी। उसने धीरे से उठकर ख़ुद जाने का मन बनाया। वो लंगड़ा-लंगड़ा करके बाहर तक आ चुका था, तभी वो लड़खड़ाया और पास रखे लकड़ी के ढेर पर गिरा। गिरने की आवाज़ ने साहिल को चौंका दिया। वो दौड़कर वहाँ पहुँचा तो देखा शंभू लकड़ियों के बीच पड़ा हुआ बाहर निकलने की जद्दोजहद कर रहा है। आगे बढ़कर मदद करने के बजाय साहिल वहीं उकड़ू होकर बैठ गया। शंभू की नज़रें जैसे ही उससे मिलीं तो उसने उठने की अपनी कोशिश और तेज़ कर दी। लेकिन उसका पैर उसे उठने की इजाज़त नहीं दे रहा था। हारकर वो वहीं औंधा हो गया फिर धीरे से उसने अपना हाथ साहिल की तरफ़ बढ़ाते हुए इशारे से उसे उठाने के लिए मदद माँगी। इस बार उसके चेहरे पर माफ़ी का भाव था। साहिल को उसकी बात समझ आ गई। उसने उसको उठाया फिर अचानक ज़ोर-ज़ोर से डाँटना शुरू कर दिया। उसकी बात का लब्बोलुआब यही था कि वो नौकर नहीं है जो तीमारदारी में लगा रहेगा। वो उसे डाँटते हुए हाँफ रहा था। उसकी डाँट में एक अपनापन था। उसकी डाँट सुनते-सुनते शंभू ने रोना शुरू कर दिया। शाम घिर आई थी।

दोनों कुर्सी लगाकर बैठे हुए थे तभी वहाँ सेना के जवान भी आ पहुँचे। उनके साथ मिलिट्री वाली रम भी थी। आज उनका कुछ ख़ास खाने का मन था। साहिल खाने की तैयारी में जुट गया। जवान वहीं बैठकर दारू पी रहे थे। शंभू भी उनका साथ दे रहा था। थोड़ी देर में साहिल भी उनके साथ शामिल हो गया।

शंभू बोला, "लगता है इस बार बर्फ़ दो महीने से ज़्यादा नहीं टिकने वाली है।" साहिल ने ऊपर देखते हुए सहमति में गर्दन हिला दी।

फिर रम की चुस्की लेते हुए कहा, "अगर इस बार जल्दी बर्फ़ पिघली तो लोगों की आमद पर भी असर पड़ेगा। अगर धंधा अच्छा रहा तो बेटी को बाहर पढ़ने भेज दूँगा। अब ये जगह रहने लायक़ नहीं बची।"

अब शंभू की आवाज़ तेज़ हो गई, "रहने लायक़ नहीं बची है का क्या

मतलब? तुम लोग कहीं भी रहने लायक़ नहीं हो, जिस थाली में खाते हो उसी में छेद करते हो।"

साथ बैठे जवान इस बातचीत के लिए तैयार नहीं थे। वे असमंजस में थे।

साहिल ने एक बार में ही पूरा ग्लास अंदर किया, "थाली में तो हमारी छेद हो गया है। शक का छेद, धर्म का छेद, डर का और मतभेद का छेद, यहाँ तक कि एक बड़ा छेद देशभक्ति का भी बन गया है। हम कुछ भी रख लें हमारी थाली में टिकता ही नहीं है। उस पर अब पुश्तैनी काम पर भी नज़र लगने लगी है। बस इस बार थोड़ा अच्छा काम मिल जाए तो अपने बच्चों को यहाँ से भेज दूँगा, वैसे भी उन्हें आगे पढ़ाना है।"

शंभू कुछ कहने को हुआ तभी साथ बैठे जवान ने उसे इशारे से मना किया, शंभू भी सबके सामने बात आगे नहीं बढ़ाना चाहता था।

शंभू ने साहिल की बात को सकारात्मकता से आगे बढ़ाया, "वैसे इस बार काम बढ़ने की उम्मीद तो है। गंगा माई इस बार थोड़ी मेहरबान लग रही हैं।"

जवान ने भी बात दूसरी तरफ़ मोड़ा, "मेहरबान नहीं परेशान लग रही हैं।"

सभी लोग उसकी ओर ही देखने लगे। शंभू और साहिल दोनों एक साथ अपने-अपने मन में ये सोच रहे थे, माई भी परेशान हो सकती है क्या?

जवान ने अपने ख़ाली गिलास को भरने का इशारा किया और बोला, "चीन सीमा तक सड़क बनाने का काम जल्दी ही शुरू होने वाला है। अदालत ने भी इको-सेंसेटिव ज़ोन में निर्माण करने की अनुमति दे दी है। अब वहाँ भी पहाड़ों पर विस्फोट किया जाएगा, उनमें छेद किए जाएँगे, सड़क बनाई जाएगी। और बर्फ़ जमने वाले मौसम में जमी बर्फ़ को हटाने के लिए मशीनें लगाई जाएँगी। जानते हो इसका क्या मतलब हुआ?"

साहिल और शंभू ने एक-दूसरे की ओर देखा, जैसे उन्होंने बात सुन तो ली, पर सड़क बन जाएगी, इसके अलावा कुछ समझ नहीं आया। असमंजस में उन्होंने हाँ और ना में एक साथ गर्दन हिला दी। शंभू थोड़ी हिम्मत करके बोला, "मतलब अब गोमुख पैदल नहीं जाना पड़ेगा? गाड़ी में बैठकर जाया जा सकेगा, यही न?"

सैनिक ने उसकी तरफ़ देखा, "नहीं, बात इतनी सीधी नहीं है।"

उसने बताया कि वो यहाँ पिछले पाँच सालों से पोस्टेड है और उसने देखा है कि किस तरह चीज़ें बदल रही हैं। सड़क बनने का मतलब होता है ज़्यादा गाड़ी, ज़्यादा लोग, ज़्यादा आवाजाही और ज़्यादा धंधा और ज़्यादा नुक़सान।

साहिल बोला, "नुक़सान नहीं सर, फ़ायदा, ज़्यादा लोग आएँगे तभी तो ज़्यादा कमाएँगे।" इस बार शंभू ने उसकी बात के साथ सहमति दिखाते हुए कहा, "और क्या, ज़्यादा कमाएँगे, ज़्यादा लोगों को काम मिलेगा, हर मौसम में काम मिलेगा। लोग बर्फ़ पड़ने वाले मौसम में भी आएँगे तो मज़ा ही आ जाएगा।"

जवान ने अपने ग्लास को ख़त्म किया और उनकी तरफ़ सवाल उछालते हुए पूछा, "कितने दिन तक ?"

दोनों को बात समझ नहीं आई, दोनों ने कहा, "पूरे साल भर और क्या ?"

सैनिक ने हँसते हुए कहा, "खाना लगा दो यार भूख लग आई है। ये साली भूख कभी भी लग जाती है और मिटती भी नहीं।"

थोड़ी देर बाद सब लोग खाना खा रहे थे, अब वहाँ एक ख़ामोशी थी और बर्फ़ के चिटकने की आवाज़ कई बार आ जाती मानो भागीरथी की लहरें भी इस बातचीत का हिस्सा बनना चाहती हों।

महीना गुज़र चुका था। शंभू का पैर भी अब ठीक हो गया था। सेना के लोग बीच-बीच में आकर उसे देख जाते थे। उन्होंने उसे हिदायत दी थी कि अभी इस पैर पर ज़्यादा ज़ोर नहीं दे और नीचे जाकर एक बार डॉक्टर को दिखा दे। अब शंभू छोटे-मोटे काम करने लगा था। वैसे भी वहाँ काम कुछ विशेष तो होता नहीं, बस टाइम काटने के लिए काम करना होता था। अब उनके बीच कामचलाऊ बातचीत भी शुरू हो गई थी। लेकिन दोनों एक उचित दूरी बनाकर ही रहते थे। दोपहर का वक़्त था। साहिल बाहर बैठा हुआ पहाड़ों को निहार रहा था। शंभू थोड़ी देर उसे देखता रहा फिर उसके पास जाकर बैठ गया। साहिल ने एक नज़र उसकी ओर देखा फिर पहाड़ों की तरफ़ देखने लगा। शंभू ने ही चुप्पी की बर्फ़ तोड़ते हुए पूछा, "क्या देख रहा है ?"

साहिल ने कहा, "बस बचपन याद आ गया। जब बहुत छोटा था तब पहली बार अब्बू मुझे यहाँ पर लेकर आए थे।" उसके अब्बू यात्रियों को पीठ

पर ढोकर ऊपर लेकर आते थे। वो बहुत छोटा था इसलिए उसे लाना मतलब पीठ पर चढ़ाना यानी एक चक्कर का नुक़सान, लेकिन एक दिन वो ज़िद पर अड़ गया कि उसे भी ऊपर जाना है। आख़िर अब्बू ने उसकी बात मान ली। जब वो उसे लेकर यहाँ पहुँचे तो साहिल का मुँह खुला-का-खुला रह गया था। उसने पहली बार इतने क़रीब से बर्फ़ को देखा था। शंभू इन बातों को पहले से ही जानता था और ना जाने कितनी बार सुन चुका था, फिर भी, हाँ में गर्दन हिलाते हुए बोला, "तब बात ही कुछ और थी। मेरे बाबा जब यहाँ आने की तैयारी करते थे तब मैं भी ज़िद करता था कि आपके साथ ही चलूँगा।"

ये बातें बचपन में बहुत रोमांचित करती थीं कि बाबा यहाँ अकेले पाँच महीनों तक रहते हैं, ख़ूब मज़े करते होंगे। बाबा समझाते कि आगे चलकर उसे भी रहने का मौक़ा मिलेगा, तब उसे ख़ुद ही समझ आ जाएगा कि वो कितने मज़े करते हैं। फिर एक बार उसके बाबा बर्फ़ जमने के दौरान उसे यहाँ पर लेकर आए थे, इस शर्त पर कि वो दिन भर रुककर काका के साथ नीचे चला जाएगा क्योंकि बच्चे रुक नहीं सकते थे। वो जब यहाँ पहुँचा था तो सारा दिन बस यहाँ से वहाँ हर चीज़ को छू-छूकर देखता रहा था। फिर दोनों चुप हो गए और कहीं दूर देखने लगे।

साहिल ने ख़ुद से ही कहा, "कितना कुछ बदल गया है। हम, हम नहीं रहे, तुम, तुम नहीं रहे। बस एक नफ़रत ही है जो रह गई है। कितनी अजीब बात है, हम सभी चाहते हैं कि बर्फ़ पिघले, लेकिन बर्फ़ पिघलने में भी हमे अपना मतलब ही दिखता है।"

"नफ़रत तो तुम लोगों ने ही फैलाई है। हम तो अच्छे-ख़ासे शांति से रहते थे।" शंभू ने बिना उससे नज़र मिलाए कहा।

साहिल ने उसे देखा फिर धीरे से चुप्पी तोड़ते हुए कहा, "ब्रह्मकमल याद है?" ब्रह्मकमल की बात ने शंभू को उत्साहित कर दिया। वो उसकी तरफ़ मुड़ गया- "याद क्यों नहीं होगा, वो फूल पहली बार दोनों ने साथ में ही देखे थे, पिछली दो बार से तो दिखाई ही नहीं पड़ रहे हैं।"

साहिल अभी भी शांत था, "तुझे पता है जब अर्जुन छोटा था तो उसे ब्रह्मकमल की कहानी मैंने सुनाई थी। और उसने मुझसे कहा था कि बाबा आप झूठ बोल रहे हैं, ऐसा कुछ नहीं होता।"

दोनों के चेहरे पर एक मुस्कान तैर गई।

शंभू ने बात को आगे बढ़ाते हुए अपनी यादों को और खोदकर थोड़ी मिट्टी निकालते हुए कहा, "पहली बार जब बड़े बाबा ने बताया था ब्रह्मकमल के बारे में तो हम दोनों कैसे सुन रहे थे मानो कोई अप्सरा की कहानी हो। साल में एक बार उगने वाला फूल, वो भी रात में, और हम लोगों ने उसे अपनी आँखों से देखा है। और कमल भी कैसा, पानी में नहीं ज़मीन में उगने वाला, किसी को कहो तो भरोसा भी ना करे।"

"हाँ, बाबा ब्रह्मकमल से जुड़ी कितनी कहानियाँ सुनाते थे।"

"कितने बरस बीत गए। एक वक़्त चारों तरफ़ लगने वाले फूल अब सिमटकर रह गए हैं। हर तीर्थयात्री को कमल का फूल घर ले जाना है। एक बार तो एक विदेशी ने कमल के बदले अच्छे पैसे दिए थे। अब सुना है कि सरकार इस फूल को बचाने की कोशिश कर रही है। पिछले साल ही एक सरकारी टीम आई थी। कह रहे थे यही हाल रहा तो ये सभी फूल विलुप्त ही हो जाएँगे।"

"जब मैंने यह सुना तो सोचा ख़त्म कैसे हो सकता है? फूल क्या कभी ख़त्म होते हैं?" शंभू बोला, "फ़सल कभी अच्छी होती है या ख़राब, बर्फ़ कभी ज़्यादा पड़ती है, कभी कम, लेकिन ऐसे कैसे हो सकता है कि बर्फ़ जमे ही नहीं?"

साहिल बोला, "इसी तरह ख़त्म हो जाते हैं फूल। हम ही ख़त्म कर देते हैं। किसी दिन शायद हमारी पीढ़ियाँ इसी तरह धर्मों के ब्रह्मकमल की कहानी सुनेंगी और हैरान होंगी।"

लगभग दो महीने बीत चुके थे। अब दोनों के बीच ठीक से बातचीत शुरू हो गई थी। बस दोनों अभी भी उस बात को करने से बचते थे जिसने उनके बीच रिश्तों में ठंडक पैदा कर दी थी।

मौसम काफ़ी सँभला हुआ था, दोनों ने गोमुख जाने का मन बनाया। दोनों ने सोचा कि जवानों के साथ निकल जाएँगे। बहुत दिन हो गए थे भोजवासा को देखे हुए। तो सुबह-सुबह जवानों के साथ वे लोग ऊपर की ओर निकल पड़े। आम दिनों में रोज़ाना 100-150 लोगों को ऊपर जाने की इजाज़त मिलती

है। गंगोत्री से 18 किलोमीटर लंबे इस रास्ते में आम दिनों में जाना ही मुश्किल हो जाता है, फिर अभी तो मौसम भी यात्रा लायक़ नहीं था। लेकिन वो दोनों पहाड़ों पर ही पले-बढ़े थे, इसलिए पहाड़ों से उनकी दोस्ती थी। शंभू के पैर की दिक़्क़त पूरी तरह से ख़त्म नहीं हुई थी, इसलिए वो लोग रुक-रुककर चल रहे थे। अभी आधे रास्ते ही पहुँचे थे कि उन्हें एक छोटी-सी गुफ़ा नज़र आई, उसमें एक संत बैठे हुए थे। शंभू ने उन्हें प्रणाम किया और बोला, "इसे कहते हैं तपस्या की ताक़त।" वो लोग कुछ देर संत के पास ही बैठ गए। संत ने बताया कि अब उन्हें यहाँ बैठने में इतनी परेशानी नहीं होती है, पहले तो इतनी बर्फ़ पड़ती थी और पाँच महीने तक कुछ सुझाई नहीं देता था, वैसा अब नहीं रहा। दो महीने, तीन महीने की बर्फ़ है, वो भी कम ही पड़ती है। अब तो लोगों की आवाजाही से तपस्या भी नहीं कर पाते। संत ने अपने हाथों सबको बिना दूध की चाय पिलाई। फिर दोनों उन्हें प्रणाम कर आगे चल दिए।

भोजवासा की बात ही निराली है। बचपन से यहाँ आ रहे शंभू और साहिल भी हर बार इस तरह हो जाते हैं जैसे पहली बार आए हों।

लेकिन इस बार कुछ कमी-सी लग रही थी। कुछ तो ऐसा था जो उन्हें अखर रहा था। लेकिन वो क्या था ये समझ नहीं आ रहा था। दरअसल हम जब लगातार किसी चीज़ को होते हुए या बढ़ते हुए देखते हैं तो हमारी आँखें उस बदलाव को अचानक समझ नहीं पातीं। उसे देखने के लिए नज़रों को उस बदलाव से अलग करना होता है। शंभू और साहिल अभी ख़ुद को उससे अलग नहीं कर पाए थे, इसलिए उन्हें क्या अखर रहा था, ये समझ पाना उनके लिए मुश्किल था। कुछ देर रुककर उन्होंने नीचे उतरने का मन बनाया। रास्ते में दोनों शांत थे। सेना के जवान ने बताया कि माहौल देखकर लग रहा था कि जल्दी ही वो लोग घर जा सकेंगे। ज़्यादा-से-ज़्यादा एक दो हफ़्ते और उन्हें रुकना पड़ सकता है। दोनों नीचे उतर रहे थे।

"तुम्हें अर्जुन कैसा लगता है?" शंभू ने अचानक यह सवाल साहिल की ओर उछाल दिया।

साहित चलते-चलते रुक गया और शंभू की ओर ताकने लगा, उसे समझ नहीं आया क्या कहे। शंभू ने उसे इस तरह अचकचाते हुए देखकर कहा, "घबराने की ज़रूरत नहीं है, वो कोई रिश्ता जोड़ने के बारे में नहीं सोच रहा

है।" साहिल तब तक स्थिर हो चुका था। उसने जवाब देने के बजाय एक सवाल ही पूछ लिया, "अगर रिश्ता बनता तो इसमें बुरा क्या है? वो लड़का या लड़की जिसे हम अच्छे से जानते हैं, जिसे हमने गोद में खिलाया है, जो हमारे साथ हर हाल में सहज है उसकी जाति या मज़हब का पता चलते ही हमें उसमें ख़ामियाँ क्यों नज़र आने लगती हैं? ऊपर वाले ने तो इंसान बनाए थे, हमने ख़ुदा और राम बना लिया।"

शंभू के पास उसकी बात का कुछ जवाब नहीं था, फिर बोला कि जब से यह बात सामने आई है घर में सभी परेशान है। उसे कुछ भी अच्छा नहीं लगता। कुछ रिश्ते दरअसल हमारी आदत बन जाते हैं जिनके बिना रहा नहीं जा सकता है। भले ही हम उन्हें चाहें या ना चाहें।

साहिल ने बात को आगे बढ़ाते हुए कहा, "ऐसा नहीं है कि वो बच्चों की वजह से मैं तुमसे बात नहीं कर रहा था। बात न करने के पीछे मेरा अपना डर था।"

डर की बात सुनकर शंभू चौंककर ढलान पर अचानक रुक गया जिससे वो लड़खड़ा गया। साहिल ने उसे सँभालते हुए बताया, "क्या तुम्हें मालूम है कि हरिद्वार में मेरे रिश्तेदार रहते हैं?"

शंभू कुछ समझ नहीं पाया, बस प्रश्नवाचक नज़रों से साहिल को देखता रहा। साहिल ने बात आगे बढ़ाते हुए कहा, "पिछले दिनों गाय के शक में जिस परिवार को मारा गया था और हरिद्वार में जिसकी दुकान जला दी गई थी और दंगों की नौबत आ गई थी, वो मेरे सगे चाचा का परिवार है। उस घटना ने मुझे इतना डरा दिया था जितना मैं पहले कभी नहीं डरा। मुझे लगा कि ऐसा कभी भी मेरे परिवार के साथ भी हो सकता है। इस पर जब अर्जुन के साथ सोनी के रिश्ते की भनक लगी तो एक पल को महसूस हुआ कि शायद अब वो नौबत आ गई, जब मेरे परिवार के साथ कभी भी कोई अनहोनी घट जाए। फिर तुम्हारे व्यवहार से वो डर और हावी हो गया। इसीलिए मैंने सोनी को दिल्ली भेजने का मन बना लिया।"

शंभू उसकी बात सुनकर थोड़ी देर तक वहीं खड़ा रहा, फिर धीरे से उसके पास पहुँचा और उसे खींचकर गले से लगा लिया। शंभू बोला, "डरा हुआ तो मैं भी हूँ कि कहीं बिरादरी वाले बाहर ना कर दें।"

कहीं-ना-कहीं उसके मन में भी यही बात थी कि दोस्ती तक ठीक है, लेकिन रिश्ता बनाना अलग बात है। शंभू उसे गले से लगाए बोले जा रहा था कि वो अपनी दोस्ती क़ुर्बान नहीं करना चाहता है, बस उसे लगता है कि अर्जुन और सोनी के रिश्ते को लेकर कुछ भी कहना जल्दीबाज़ी होगी। साहिल ने उसे ज़ोर से गले लगाते हुए कहा कि वो भी यही मानता है।

साहिल बोला, "हो सकता है वो दोनों एक-दूसरे को दोस्त ही मानते हों, दोनों को लेकर सारी कहानियाँ तो हमने ही गढ़ी हैं, हमने उन्हें बिठाकर उनसे तो कुछ पूछा ही नहीं।"

शंभू ने साहिल को थामे हुए ही कहा, "सोनी को दिल्ली पढ़ने ज़रूर भेजो, क्योंकि पढ़ाई ही है जो हमारे अंदर बेहतर बदलाव ला सकती है। लेकिन किसी ग़लत भावना या मजबूरी के चलते ये फ़ैसला नहीं लेना।" साहिल ने भी हाँ में गर्दन हिलाई।

दोनों के बीच कई महीनों से जमी बर्फ़ पिघल गई थी और रास्ता बन गया था। दोनों नीचे उतर रहे थे। ऊपर पहाड़ों पर भी बर्फ़ ने पिघलना शुरू कर दिया था। वहाँ भी रास्ता खुलने वाला था।

आत्मनिर्भर

ज़िंदगी टेक्टोनिक मूवमेंट की तरह होती है। कब कौन-सी प्लेट हलचल पैदा कर दे, कोई नहीं जानता है। तमाम तरह की योजनाओं के साथ इंसान भविष्य की कल्पना, उसका ख़ाका तैयार करता है, फिर एक तेज़ लहर रेत पर लिखे अक्षरों की तरह सब कुछ साफ़ कर देती है। इंसान बार-बार लिखता है, ज़िंदगी बार-बार उसे साफ़ करती है। इसी तरह वक़्त गुज़रता है। एक ग़लतफ़हमी की तरह हम सोचते हैं कि हम अपनी स्क्रिप्ट ख़ुद लिख रहे हैं। लेकिन जैसे ही किरदार निभाने की बारी आती है, हर्फ़ बदल जाते हैं और तैयार हो जाती है एक नई कहानी, नये किरदार और एक नया सेट।

आनंद ने कभी नहीं सोचा था कि वो अपने घर, अपने गाँव वापस आएगा। पिछले तीन महीनों में जो उथल-पुथल उसकी ज़िंदगी में मची थी, वो ठीक वैसी ही थी जैसी आज से करोड़ों साल पहले धरती के गर्भ में हुई थी। तब समुद्र के अंदर मौजूद पहाड़ बाहर निकल आए थे, नदियाँ एक-दूसरे में मिल गई थीं। किसी का अस्तित्व ख़त्म हो गया था तो कोई नया अस्तित्व खड़ा हो चुका था। आनंद उसी सेट पर नई पिक्चर का किरदार बनने के लिए तैयार खड़ा था। वो जिसे नया सेट समझ रहा था, उसकी तैयारी तो कई महीनों पहले ही हो चुकी थी।

पाँच महीने पहले आनंद के पास सब कुछ था। एक शानदार नौकरी और भविष्य की योजना जिसके तहत सुरभि से शादी करने की पूरी तैयारी थी। आठ साल पहले जब होटल मैनेजमेंट का कोर्स करने के बाद उसने भागलपुर छोड़ा था, तब उसके ज़ेहन में बस एक ही बात थी, जल्दी ही अमेरिका के किसी

फ़ाइवस्टार होटल में नौकरी और फिर वहीं की नागरिकता। इसी जद्दोजहद में शहर-दर-शहर नौकरी करते-छोड़ते वो पिछले दो साल से मुंबई में था। वहाँ के एक शानदार होटल में कम्यूनिकेशन मैनेजर के पद पर काम कर रहा था। छह अंकों में उसकी सैलेरी थी और लोखंडवाला की एक ऊँची इमारत के 20वें माले पर एक फ़्लैट में विपिन के साथ रहता था।

अपने होटल की ही बार में एक दिन व्हिस्की की चुस्की लेते हुए उसे सुरभि मिल गई। पीआर फ़र्म में सोशल मीडिया मैनेजर सुरभि उसकी ज़िंदगी में ऐसे दाख़िल हुई जैसे कोई किराएदार मकान मालिक बन जाता है। फ़ेसबुक पर डाली किसी पोस्ट के लिए आने वाले लाइक को देखने का नशा जैसा होता है, वैसे ही सुरभि और आनंद बार-बार एक-दूसरे की वॉल पर आने का बहाना ढूँढने लगे।

विपिन एक आईटी कंपनी में था और उसका वेतन आठ अंकों में था। अंक बड़ा मायने रखते हैं। हफ़्ते में पाँच दिन काम, फ़ॉरेन ट्रिप, डॉलर, यूरों की बातें, विदेशी दारू से सजी हुई अलमारी, उसकी ज़िंदगी का हिस्सा था। धीरे-धीरे सुरभि की दोस्ती विपिन से भी हो गई।

अब जब मौक़ा मिलता तीनों अपनी शाम साथ गुज़ारते।

विपिन अपना रुटीन ख़ुद तय करता था, दफ़्तर जाने-आने की कोई पाबंदी नहीं थी, उसे अपने काम के घंटों को पूरा करना होता था। सुरभि का रूटीन फ़िक्स होता था, उसकी छुट्टी के दिन तय थे, लेकिन आनंद की दिनचर्या थोड़ी कम फ़िक्स थी। उसकी ज़िंदगी शिफ़्ट में थी और ऑफ़ के दिन भी बदलते रहते थे।

सब ठीक चल रहा था। वे लोग महँगी शराब, ऑनलाइन फ़ूड या आनंद के होटल मैनेजमेंट के कोर्स के दौरान सीखे गए खाना बनाने के हुनर का फ़ायदा उठाकर वक़्त गुज़ारा करते थे।

दिसंबर लग चुका था। मुंबई में इस बार ठंड पहले दिनों की अपेक्षा थोड़ी ज़्यादा पड़ रही थी। हालाँकि उत्तर भारत के बाशिंदे के लिए यह ठंड कुछ भी नहीं। क्रिसमस सर पर था। आनंद का काम बढ़ गया था। विदेशी सैलानियों की आमद तेज़ थी। होटल में क्रिसमस और नये साल के लिए पूरी थीम तैयार की जा रही थी। कोशिश की जा रही थी कि सैलानी होटल के अंदर आएँ तो फिर नये साल में ही बाहर निकलें।

इस समय तक न्यूज़ चैनलों के फटाफट अंतर्राष्ट्रीय सेगमेंट में चीन और कोरोना की ख़बरें जगह बना रही थीं। इन मामूली ख़बरों से बेफ़िक्र दुनिया जश्न की तैयारी में जुटी थी और सरकारें दूसरे बेहद ज़रूरी कामों में। जैसे भारत सरकार ट्रंप के आगमन की तैयारियों में व्यस्त थी।

साल 2020 का आगमन हो चुका था। ज्योतिष राशियों के हिसाब से दुनिया के हर व्यक्ति का भविष्य तय कर रहे थे। आनंद ने भी अपना सालभर का राशिफल पढ़ा था। ग़ालिब के शेर की तर्ज़ पर एक बिरहमन ने उसे भी कहा था कि ये साल अच्छा है। उसने अमेरिका निकल लेने के अपने प्रण को ख़ुद से दोहराया।

साल का पहला महीना निकल चुका था। ताक़तवर देश के प्रधान एयरफ़ोर्स वन में अपने लाव-लश्कर और परिवार के साथ भारत पधार चुके थे। सारा मीडिया उनके कपड़ों से लेकर कुत्तों तक की विस्तार से जानकारी दे रहा था। जानकारी इतनी विस्तार ली हुई थी कि ख़ुद उसका इल्म ताक़तवर देश के प्रधान यानी ट्रंप को भी नहीं था। मसलन उनका भारी-भरकम शरीर रोज़ नाश्ते में कितना कैलोरी पचाता है, इसे भी देश के मीडिया ने पता कर लिया था। दुनिया के प्रथम परिवार ने देश की सबसे ख़ूबसूरत इमारत और प्रेम के प्रतीक के सामने सपत्नीक फ़ोटो खिंचाने की औपचारिकता निभाई। पल-पल की जानकारी मीडिया में फैल रही थी। उतनी ही तेज़ी के साथ चीन में कोरोना फैल रहा था। और वायरस सीमाओं को लाँघते हुए इटली, फ्रांस होते हुए अमेरिका में प्रवेश कर चुका था।

भारत के प्रधान सेवक ने देश को सुरक्षित घोषित कर दिया था।

होली आ गई थी और निकल भी गई थी। सुरक्षित देश की सीमाओं में भी ख़तरे की घंटियाँ बज रही थीं। प्रेम के प्रतीक की इमारत वाले शहर में एक विदेशी पकड़ाया, वो अपने साथ कोरोना की स्मगलिंग करके देश में ले आया था। उसके साथ उसे घुमाने वाले आरोपी ड्राइवर और उसके परिवार को भी सुरक्षा के मद्‌देनज़र दबोच लिया गया।

प्रधान सेवक ने एक बार फिर फुर्ती दिखाई और जनता कर्फ़्यू लगा दिया। उनके निवेदन को आज्ञा मानते हुए देश में सन्नाटा पसर गया। जनता में एक अजीब-सा उत्साह नज़र आ रहा था। सब कोरोना से लड़ने के लिए तैयार

थे। किसी को भी नहीं पता था कि एक दिन का कर्फ़्यू सिर्फ़ रिहर्सल है, आने वाले दिनों में वो होने वाला है जो कभी नहीं हुआ था। फिर हफ़्ते भर के अंदर ही प्रधान सेवक ने फिर से जनता को टीवी के पास बुलाया और उनके कान में ज़ोर से चिल्लाकर कहा कि आज रात 12 बजे के बाद कोई घर से बाहर नहीं निकलेगा। देश को 21 दिन का लॉकडाउन मिल गया था। जनता का उत्साह कम नहीं हुआ।

आनंद का काम और बढ़ गया, क्योंकि सारी विदेशी फ़्लाइट रोक दी गई थी। उसके होटल में विदेशी पर्यटक फँस गए थे। उनकी ज़िम्मेदारी होटल के सर पर थी। होटल से घर जाने की इजाज़त उसे नहीं मिल रही थी। विपिन को वर्क फ्रॉम होम मिल गया। सुरभि भी पब्लिक ट्रांसपोर्ट बंद होने के चलते आनंद के घर पर ही रुकी हुई थी।

लोगों ने घर में रहने और वक़्त बिताने का तरीक़ा ढूँढ निकाला था। 21 दिन की पिकनिक का माहौल था। रोज़ सोशल मीडिया पर लोग नये-नये पकवान बना-बनाकर फ़ोटो डाल रहे थे। इंटरनेट के कनेक्शन की ज़रूरत बढ़ गई थी। सोशल मीडिया पर नई-नई रेसिपी की बाढ़ आ गई थी। लोग अपनी गैलरी में बैठकर तंबोला खेल रहे थे। कोई गाना गा रहा था तो दूसरी गैलरी में बैठा पड़ोसी संगीत दे रहा था।

वक़्त तेज़ी से गुज़र रहा था और कोरोना अपने विकराल रूप में आता जा रहा था। जर्मनी से लेकर इटली और अमेरिका से लेकर यूरोप तक मरने वालों की संख्या बढ़ती जा रही थी। साथ में वॉट्सएप पर लाशों की तस्वीरें तेज़ी से फैल रही थीं। यह फ़ोटो प्रथम और दूसरे विश्व युद्ध के दौरान के थे, जिन्हें कोरोना का तांडव बताया जा रहा था। देश की जनता से लगातार संपर्क बनाए प्रधान सेवक अपनी पीठ थपथपा रहे थे। मीडिया भी प्रधान सेवक का स्तुतिगान करने में लगा था।

आनंद होटल में ही था। विपिन और सुरभि का वर्क फ्रॉम होम चल रहा था। प्रधान सेवक ने एक बार फिर जनता को टीवी के पास बुलाया, 21 दिन और ताली बजाओ, दिया जलाओ, मन बहलाओ। इस बार उत्साह थोड़ा-सा हल्का पड़ गया। लोगों को अब एक अंजान ख़तरे की आमद सुनाई पड़ने लगी। अफ़वाहों का बाज़ार भी ग्लोबल वार्मिंग की तरह गर्म होता जा रहा था।

श्रमिक, दिहाड़ी मज़दूर, सब्ज़ी बेचने वाले, रेहड़ी-पटरी वालों के लिए खाने की दिक़्क़तें होने लगी थीं। प्रधान सेवक लगातार बोल रहे थे, स्थितियाँ भी लगातार ही बिगड़ रही थीं।

दिन गुज़रते जा रहे थे। नौकरियाँ जा रही थीं और मज़दूर घर जाने के इंतज़ाम के अभाव में अपनी गृहस्थी को कंधे पर टाँग दुधमुँहे को गोद में उठा सैकड़ों किलोमीटर पैदल ही निकलने को कमर कस चुका था।

आनंद अभी होटल में फँसा हुआ था। रोज़ उसे फ़ेसबुक और इंस्टाग्राम पर विपिन के और सुरभि के अलग-अलग अपडेट मिल रहे थे। पहले तो वो ख़ुश था कि सुरभि उसके घर में है और विपिन साथ में है तो सुरक्षित है। लेकिन धीरे-धीरे इंस्टाग्राम पर तस्वीरें बदलने लगीं। प्रधान सेवक के बयान भी बदल रहे थे। देश भी बदल रहा था।

आनंद को भी हवा में बदलाव नज़र आया। एक महीने की सैलरी उसे मिली नहीं थी। फिर एक दिन उसे वो सूचना भी मिल गई जो इतने दिनों से हवा में तैर रही थी। उसे घर जाने को कह दिया गया।

एक ऑनलाइन पास का इंतज़ाम किया गया और आनंद होटल से अपना सामान समेटकर घर या यूँ कहें फ़्लैट की ओर चल पड़ा। सुनसान सड़कों पर दौड़ती गाड़ी को देखकर उसे विश्वास नहीं हो रहा था कि मुंबई की सड़कों की एक तस्वीर यह भी हो सकती है। आनंद चुप था। गाड़ी चलाने वाला भी चुप था। सड़कें चुप थीं। पूरी दुनिया चुप थी। बस रेडियो चल रहा था जिस पर प्रधान सेवक मन की बात बोल रहे थे।

जैसे ही वो अपनी सोसाइटी में घुसा तो उसे गेट पर ही रोक दिया गया। वो हैरान था। उसे अपने घर में जाने से रोका जा रहा था। तापमान चेक करने और गंगाजल की तरह सेनिटाइज़र छिड़कने के बाद, गार्ड से लेकर सोसाइटी मेंबर तक से हुई लंबी बहस के बाद उसे अपने घर जाने की अनुमति मिली, वह भी 14 दिन क्वॉरंटीन की शर्त के साथ। पिछले कुछ समय से आनंद इन चीज़ों का आदि हो गया था। वैसे भी धरती पर रहने वाले जीव अनुकूलन के सिद्धांत की वजह से ही बचे हैं। हमे ख़ुद को ढालना बहुत अच्छे से आता है।

घर पहुँचकर उसने दरवाज़े में चाभी लगाकर खोला तो सामने सोफ़े पर विपिन बैठा हुआ था। उसके सामने सेंटर टेबल पर उसका लैपटॉप रखा हुआ

था, गोद पर सिर रखकर सुरभि लेटी हुई अपने फ़ोन से खेल रही थी। आनंद को अचानक सामने देखकर दोनों चौंक गए। और ख़ुद को सहज बताने का प्रयास करने लगे। आनंद ने थोड़ी देर उन्हें देखा और धीरे से बताया कि उसकी नौकरी चली गई है, साथ ही यह भी कि उसे 14 दिन क्वॉरंटीन रहना होगा। इसके बाद वो बिना कुछ कहे कमरे में चला गया। आनंद ने उन दोनों को किसी तरह का स्पष्टीकरण देने का मौक़ा ही नहीं दिया। ऐसा लग रहा था जैसे उसने सब कुछ स्वीकार लिया है।

देश ने भी बहुत कुछ स्वीकार लिया था। कोरोना से लड़ने से शुरू हुई कहानी अब 'कोरोना के साथ जीना' तक जा पहुँची थी। आर्थिक आँकड़ों का मायाजाल बुना गया, विभिन्न घोषणाओं और बजट को एक साथ जोड़कर एक नया आँकड़ा तैयार हुआ, देश तक अरबों रुपये की राहत पहुँचा दी गई। नौकरियाँ लगातार जा रही थीं, मीडिया हाउस इस काम में तेज़ी दिखा रहे थे। नौकरियाँ भी ले रहे थे और पलायन से लेकर बिगड़ते हालात की ख़बरों को पचाने के साथ-साथ स्तुतिगान भी चल रहा था। लोग भूखे मर रहे थे और रामराज्य भी स्थापित हो रहा था। ख़ुद प्रधान सेवक ने रामलला को उनके घर तक छोड़ने का बीड़ा उठाया था।

आपदा में अवसर से निकलकर बात अब आत्मनिर्भर भारत तक आ पहुँची थी। देश को ख़ुद के पैर पर खड़े होने का ज्ञान दिया जा रहा था। लोकल के लिए वोकल होने पर चर्चा चल रही थी। हर बाशिंदा एक यूटोपिया में रह रहा था और सर पर मंडराते डिस्टोपिया को भूल रहा था।

कमरे में बिताए 14 दिनों के एकांतवास ने आनंद को बहुत कुछ सोचने-समझने की राह दिखाई थी।

कुछ ट्रेनें चल पड़ी थीं, दूसरे रास्ते भी खुल रहे थे। उसने वापस भागलपुर जाने का फ़ैसला कर लिया। सामान पैक कर वह तैयार हुआ। सामने विपिन और सुरभि खड़े थे। आनंद चुप था, बस इतना बोल पाया कि मुंबई छोड़कर जा रहा है। सुरभि चुप थी। विपिन भी चुप था। आनंद दरवाज़ा खोलकर निकल गया। उसने पीछे मुड़कर भी नहीं देखा।

जिस सुरभि के साथ वो ज़िंदगी बिताने का सपना बुन रहा था आज उसे छोड़कर जा रहा है। ये उसने कह दिया, सुरभि ने सुन लिया गोया कहीं कुछ

था ही नहीं। रिश्तों में जब गणित हावी हो जाता है तो भावनाएँ अक्सर माइनस ही होती हैं।

तमाम ख़बरों के बीच आनंद को वापस घर पर देखकर उसके माँ के चेहरे की रौनक़ लौट आई। बाउजी भी ख़ुश थे, कई सालों से अपने इकलौते बेटे से ना मिल पाने का दुख उन्हें सालता रहता। लेकिन बेटा आगे बढ़ रहा है, यह सोच ख़ुद को समझा लेते थे।

कोरोना का एक सकारात्मक पक्ष भी है, बेटा घर आ गया तो उन्हें एक अजीब-सा सुकून था। आनंद शांत था पर उसे सुकून नहीं था। वो लगातार अपने-आप से लड़ रहा था। उसे लग रहा था कि वो एक नाकाम, नाक़ाबिल इंसान है। इसलिए नौकरी भी नहीं रही और लड़की ने भी साथ नहीं दिया। लेकिन दूसरा मन कहता कि जो लड़की नौकरी के साथ थी वो शायद नौकरी से ही प्यार करती थी।

आनंद के दिमाग़ में उधेड़बुन चलती रहती। वो सोचता कि उसे किसी को जवाब नहीं देना है लेकिन कुछ तो करना है जो जवाब हो।

देश धीरे-धीरे ढेर सारे बंधनों के साथ अनलॉक दौर में प्रवेश कर रहा था।

प्रधान सेवक किसानों के विकास की बात कर रहे थे। आनंद के पास ज़मीन की कमी नहीं थी। उसकी सारी ज़मीनें और घर गंगा किनारे ही थे।

आनंद गंगा के किनारे बैठा हुआ था, आपदा में अवसर, आत्मनिर्भर, लोकल के लिए वोकल जैसे तमाम वाक्यों के बीच अपनी योजना को पाल रहे आनंद को प्रधान सेवक की एक नई घोषणा सुनाई पड़ी, इस बार बात गंगा डॉल्फ़िन पर्यटन की थी।

आनंद ने बचपन से गंगा में सूँस को देखा है। सूँस यानी गंगा डॉल्फ़िन। सूँस को खाया नहीं जाता, वो गंगा की शेर है और साथ ही उसका शरीर ज़हरीला भी होता है। उसे खाना मतलब ख़ुद को मारना। बचपन में जब वो माँ के साथ मछली लेने जाता था तो मछुआरे माँ को ताजी मछली देते हुए बताते थे कि इस बार सूँस बहुत उछाल मार रही है मतलब गंगा में ख़ूब मछली आई है। उसके गाँव में कई मछुआरे थे जो मछली पकड़ते थे। जाल लगाते थे।

आगे के बदलाव को उसने देखा नहीं या यूँ कहें कि उसकी रुचि के बाहर

की बात थी। इसलिए उसने ध्यान नहीं दिया और वो पढ़ता गया, आगे बढ़ता गया। इसी दौरान गंगा से सूँस घटती गई।

अब उसी सूँस को बचाने, बढ़ाने की बातें हो रही हैं।

गंगा में सूँस, उसके पास पड़ी ज़मीनें, सुंदर लोकेशन, आनंद के दिमाग़ में नया आइडिया आकार ले रहा था। वो खड़ा हो गया था, पैरों से टकराती गंगा की लहरें मन को शांति दे रही थीं और नई योजना उत्साह बढ़ा रही थीं। कितनी ही नई बातें एक के बाद उसके दिमाग़ में आ रही थीं।

आनंद ने अपने पिता को योजना सुनाई। उसके पिता के लिए यह सब कुछ नया था। वो आनंद को मना भी नहीं करना चाहते थे, इसी बहाने बेटा हमेशा उनके पास ही रहेगा। लेकिन खेत की ज़मीन पर होटल की बात उन्हें रास नहीं आ रही थी। आनंद ने उनसे वादा किया कि खेतों के साथ कुछ छेड़छाड़ नहीं होगी, बल्कि यह खेत तो उसके लिए प्लस प्वॉइंट है। फिर भी पिता ने समझाना चाहा कि जिस तरह टीवी वाले उछलती-कूदती डॉल्फ़िन दिखा रहे हैं, यह डॉल्फ़िन तो गंगा में होती ही नहीं, यह तो कोलकाता से आगे समुद्र में मिलती है, तो फिर डॉल्फ़िन पर्यटन गंगा में कैसे संभव होगा। लेकिन आनंद सहित पूरा देश ही डॉल्फ़िन पर्यटन के नाम से उत्साहित था, इसलिए पिता की भोली-भाली बातों का कोई महत्त्व नहीं था।

उसने अपनी ज़मीन पर 20 छोटे-छोटे झोपड़ेनुमा कॉटेज बनाने का फ़ैसला लिया था। उसमें रहने वालों को अपने कॉटेज के सामने से ही हरी सब्ज़ी तोड़कर उन्हें पकाने का सुख, वो भी चूल्हे पर दिया जाएगा, बाक़ी बिहार की बिहारियत और 'अहा क्या ग्राम है' वाली बात तो होगी ही, जो किसी भी शहरी को गाँव आने के लिए मजबूर कर दे। आठ साल से होटल उद्योग में कम्युनिकेशन मैनेजर के तौर पर काम करते हुए उसे सोशल मीडिया का फ़ायदा उठाना आता था।

गाँव के लड़कों को रोज़गार का लालच, गाँव को पर्यटन के नक़्शे में लाने का दावा, गाँव में दूसरे कामों का बढ़ना जैसे सात रंग के सपने उसने ठीक उसी तर्ज़ पर गाँव वालों को दिखाए, जिस तरह प्रधान सेवक देश को दिखा रहे थे।

एक महीने के अंदर होटल रिवर डॉल्फ़िन व्यू बनकर तैयार था। डॉल्फ़िन

नाम देना भी उसकी रणनीति के तहत ही था। देश में प्रोजेक्ट टाइगर और प्रोजेक्ट एलिफैंट की अपार सफलता के बाद प्रधान सेवक ने डॉल्फ़िन को घर तक छोड़कर आने का बीड़ा उठाया था। देश में नीली क्रांति की शुरुआत हो चुकी थी। नीली क्रांति के तहत गंगा में मछली उत्पादन की आपार संभावनाओं पर काम हो रहा था, किसी के पास इस पर विचार करने का समय नहीं था कि आख़िर गंगा की मछलियाँ गईं कहाँ। दूसरे लोगों की तरह आनंद ने भी मान लिया था कि जनसंख्या बढ़ने से माँग भी तेज़ हुई और गंगा मछलियों से ख़ाली हो गई। गंगा की मछलियों के साथ उसकी इकोलॉजी को नष्ट कर चुका समाज अब नीली क्रांति के सपने देख रहा था।

गंगा की अपनी प्रजाति बचाने की कोशिशों की बजाय सरकार ने अफ्रीकन केट फ़िश के अंडों को बड़ी मात्रा में गंगा में डालना शुरू कर दिया, उन्हें यह अहसास ही नहीं था कि मांगूर की तरह दिखने वाली अफ्रीकन केट फ़िश बाक़ी दूसरे स्पीसीज़ को ख़त्म कर देगी और यह गंगा के ख़त्म होने की दिशा में एक बड़ा क़दम होगा। ख़ैर नीली क्रांति को लेकर चल रही बहस से आनंद को कोई सरोकार नहीं था लेकिन ब्लू रिवॉल्यूशन की तस्वीरें उसके काम की थीं।

इंटरनेट के घनघोर इस्तेमाल से होटल का प्रचार शुरू हुआ। प्रकृति की गोद में 'काम का आराम' जैसे जुमले चलाए जा रहे थे। वर्क फ्रॉम होम की फ़ैसिलिटी भी थी, यानी छुट्टी मनाते हुए काम कीजिए। इतनी बेहतरीन सुविधाओं के बावजूद अब तक कुछ इन्क्वॉयरियाँ ही हाथ लगीं। वह बिहार के पर्यटकों को आकर्षित भी नहीं कर रहा था, उसका टारगेट गुड़गाँव और नवी मुंबई के प्रोफ़ेशनल्स थे।

वैसे तो तीन महीने किसी भी धंधे के लिए बहुत कम होते हैं, लेकिन आनंद चूँकि प्रधान सेवक का भक्त था इसलिए हड़बड़ी में था।

उस दिन सुबह-सुबह गंगा में तैरती कुछ सरकारी बोट नज़र आई। आनंद को कुछ अनहोनी का अंदेशा हुआ, वो भागकर वहाँ पहुँचा, पता चला कि सूँस का सर्वे करने आए कुछ अधिकारी हैं। क्षेत्र में डॉल्फ़िन को बढ़ाने की पहल की जा रही है।

छह महीनों के भीतर इलाक़े में डॉल्फ़िन दिखने, सफ़ारी चलाने और

साथ ही सूँस के दिखने-दिखाने का दबाव ब्यूरोक्रेसी पर तेज़ी से बढ़ गया था।

आनंद का दिमाग़ अब तेज़ी से चल रहा था।

उस शाम होटल रिवर डॉल्फ़िन व्यू में चहल-पहल थी। शहर के स्थानीय पत्रकारों के अलावा पटना से भी पत्रकार आए थे। उनका दो-तीन दिन यहीं चिल करने का प्रोग्राम था। बिहार में शराब पर पाबंदी थी, ऐसे में महँगी शराब की पार्टी के लिए ना करना किसी के लिए भी मुश्किल था।

मेहमाननवाज़ी में तो आनंद को महारत थी। वो उस जगह से ट्रेनिंग लेकर आया था, जहाँ पर पाँच रुपये के समोसे को अपनी भाषा और प्रस्तुतिकरण के दम पर 500 रुपये का बेच दिया जाता था। भागलपुर के एक गाँव में इस तरह की पार्टी का होना चर्चा का विषय तो बनना ही था। पत्रकारों की सोच के उलट आनंद ने उनसे कोई फ़ेवर नहीं माँगा। उसने कहा कि इतने साल घर से बाहर था, अब वापस आया है तो चाहता है सभी से रिश्ते अच्छे बने रहें, यहाँ होटल खोलने का मक़सद भी गाँव की भलाई है। कोरोना से उसे बस एक ही सबक़ मिला है कि अपने घर की रोटी बाहर के मालपुए से कई गुना बेहतर होती है। गले तक तर कुछ पत्रकारों ने उसकी बात सुनकर उसे गले भी लगा लिया और अपनी तरफ़ से उसकी कोशिश को कामयाब करने का भरोसा भी दिलाया।

कुछ दिन और गुज़रे, देश में स्थितियाँ सामान्य होने की क़वायद की जा रही थी। 'मन की बात' से मन के डर को निकालने की कोशिश की जा रही थी।

आनंद की सारी जमा-पूँजी कॉटेज में लग चुकी थी और अब कमाई को कोई ज़रिया ना था। सब कुछ गंगा चौर में ठहरे हुए पानी की तरह रुका हुआ था। लेकिन आनंद ने हार नहीं मानी थी, मानो कुछ ना होना भी उसकी योजना का ही हिस्सा हो।

साप्ताहिक बाज़ार में ज़मीन पर दुकान लगाकर मर्दानगी सँवारने के लिए सूँस का तेल बेच रहे उस बूढ़े ने सिर उठाकर देखा, सामने आनंद खड़ा था।

"फिरो आ गईल बाबू? केतना दफे कहनी की हमरा लगे ख़ाली तेल बा, सूँस कहँवा मिली ई ठिकेदार से जाके पूछ।"

थोड़ी कोशिशों के बाद आनंद के पास ठेकेदार का पता था। बिना वक़्त गँवाए वो दियारा में बने एक अस्थायी झोपड़े में बैठा था, कुछ खाट और ढेर सारी प्लास्टिक क्रेट के बीच बैठा रूपेश साहनी, फ़िशरमैन सोसाइटी में पदाधिकारी था, और ठेकेदार भी। दबंग, रुतबे और रसूख वाला इंसान। उसकी शक्ल बता रही थी कि पानी की सारी मछलियों को निगल लेना चाहता था। यह ठिया ही उसका ऑफ़िस था, झोपड़े के चारों ओर प्लास्टिक जाल के बंडल रखे हुए थे। यहीं से छोटे मछुआरों को उनका काम और दाम सौंपे जाते थे।

जान-पहचान में कुछ पल ही लगे क्योंकि आनंद के होटल में बिज़नेस नहीं था लेकिन उसकी पार्टी की धमक हर जगह पहुँच चुकी थी। इधर-उधर की बातचीत के बाद आनंद मुद्दे पर आया- "एक सूँस चाहिए।"

साहनी चुप था। आनंद बोला, "भरोसा रखिए।" ठेकेदार थोड़ी देर तक उसकी आँखों में झाँकता रहा। एक चोर दूसरे चोर की आँखों में मौजूद सच्चाई को आसानी से भाँप लेता है। थोड़ी देर चुप रहने के बाद ठेकेदार ने कहा, "कल उसके घर पर सूँस पहुँच जाएगी।"

अगले दिन एक लकड़ी का डिब्बा आनंद के घर पहुँच गया, आनंद ने जैसे ही उसे खोला, उसके अंदर एक सूँस का छोटा-सा बच्चा था, उसे देखकर लग रहा था उसे मरे हुए कुछ ही घंटे हुए हैं।

शाम को एक न्यूज़ चैनल पर एक ख़बर चल रही थी जिसमें बताया जा रहा था कि किस तरह से मुंबई से वापस लौटे, होटल रिवर डॉल्फ़िन व्यू के मालिक आनंद को अपने कॉटेज के पास बह रही गंगा में एक मरी हुई सूँस मिली। न्यूज़ में आनंद की बाइट चल रही थी जिसमें वो बोल रहा था कि प्रदूषण की वजह से सूँस मर रही है, इसलिए उसने संकल्प लिया है कि वो अपने हिस्से की गंगा को साफ़ करेगा, भले ही कोई उसका साथ दे या ना दे। उसने यह भी कहा कि प्रधान सेवक की डॉल्फ़िन बचाओ अपील से वह बेहद प्रभावित है। आनंद ने दावा किया कि आने वाले दिनों में ये जगह डॉल्फ़िन सफ़ारी के लिए सबसे मुफ़ीद मानी जाएगी। आज भले ही मरी हुई सूँस मिली है लेकिन कल यहाँ ढेर सारी सूँस तैरती नज़र आएँगी। वो इसके लिए हर संभव कोशिश करेगा।

अगले दिन लगभग सभी चैनलों पर आनंद के होटल के पास मिली मरी हुई सूँस की ख़बर चल रही थी। पटना में बैठे पत्रकार भी इस ख़बर को लेकर उत्साहित थे। वे शराब पार्टी को भूले नहीं थे। उन्हें इस बात का भरोसा भी मिला था कि वो जब चाहें कॉटेज में परिवार के साथ आराम फ़रमाने आ सकते हैं, और चाहे तो किसी और के साथ भी आ सकते हैं, कॉटेज में निजता का पूरा ख़याल रखा जाएगा। इन पत्रकारों ने भी बढ़िया ख़बर बनाकर आनंद के कॉटेज और दिल में जगह पक्की करने की कोशिश की थी।

इस ख़बर का असर दूर तक हुआ था। आनंद के वॉट्सएप पर सुरभि का मैसेज था जिसमें कांग्रेचुलेशन के साथ उसकी चल रही ख़बर की एक क्लिप थी। साथ में वो मुँह टेढ़ा करके स्माइली वाला इमोजी भी था। आनंद जानता था उसका धंधा सोशल मीडिया हैंडल से ही फल-फूल सकता है, ज़मीनी तस्वीरों को फ़ोटोशॉप किए बिना काम नहीं चलेगा। और जहाँ आँकड़े ज़रूरी होते हैं वहाँ भावनाओं की भी ब्रेन मैपिंग ही की जाती है।

पहले कड़वे अनुभव को ग़लतफ़हमी नाम देकर उन्हें दूर किया गया और सुरभि होटल रिवर डॉल्फ़िन व्यू का सोशल मीडिया एकाउंट देखने लगी। दोनों के बीच एक वर्चुअल रिश्ता पनपने लगा जिसमें सारा ज़ोर लाइक, सब्स्क्राइब और कमेंट पर था। भावनाओं की आकाल मृत्यु हो चुकी थी और सुरभि-आनंद को इसका अहसास भी नहीं था, वे तेज़ गति से चलते वाईफ़ाई के बीच सुरक्षित और ख़ुश थे।

सूँस के विकास पर तेज़ी से काम चल रहा था। सरकार से लेकर आनंद और रूपेश साहनी तक सभी सूँस को गंगा में देखने-दिखाने को बेताब थे। वो इस काम को इतनी जल्दी करने पर आमादा थे कि उनका बस चलता तो सूँस के पेट में पनपने से पहले वो बच्चे निकाल लेते। ख़ैर ये तो संभव नहीं था इसलिए योजना को संभव बनाने का प्रयास किया जा रहा था। अब आनंद ने रूपेश साहनी से एक ज़िंदा सूँस और नायलॉन के बड़े जाल की माँग की। पिछले दिनों आई मीडिया ख़बरों ने साहनी को इतना तो समझा दिया था कि आनंद कोई छोटा-मोटा बंदा नहीं है, इससे बनाकर रखने में भलाई है।

कुछ दिन बाद एक बार फिर होटल रिवर डॉल्फ़िन व्यू में भारी भीड़ थी। सूँस को देखने मीडिया और सरकारी अधिकारियों का जमावड़ा था। होटल

के ठीक सामने एक सूँस रह-रहकर पानी से बाहर आती और फिर अंदर चली जाती। हाथों में बीयर की केन पकड़े पत्रकार-अधिकारी खाई-अघाई संवेदनशीलता के साथ सूँस को देख रहे थे। एक विशेषज्ञ की भाँति आनंद पत्रकारों को बता रहा था- "यह एक स्तनधारी है, इसलिए साँस लेने के लिए पानी के ऊपर आती है। इसकी आँखों के आगे एक झिल्ली होती है, इसलिए यह आलमोस्ट अंधी होती है। पिछली बार मरा हुआ बच्चा मिलने के बाद से ही मेरा मन बैचेन था इसलिए मैं इस इलाक़े को सूँस के लिए विकसित करना चाहता हूँ। आख़िर प्रधानमंत्री जी की शपथ पूरी करना हमारा भी फ़र्ज़ है।"

अब तक चार केन ख़त्म कर चुके पास ही खड़े रूपेश साहनी ने आनंद के कान में कहा कि हमने भी अपना फ़र्ज़ निभा दिया। आनंद ने उसकी ओर देखा और चेतावनी भरे लहजे में बोला, "इतनी मत पी लेना कि यहीं मूत दो।" साहनी कहना चाहता था कि उसकी ताड़ी के आगे ये बीयर मूत ही है, लेकिन झेंप भरी मुस्कुराहट के साथ पीछे हट गया।

तरकीब काम कर गई, सूँस के विज़ुअल ने पर्यटन और शोधार्थी सभी को आकर्षित कर लिया। बीते एक महीने में एक भी दिन ऐसा नहीं था जब उसका होटल ख़ाली रहा हो। होटल आने वाले मेहमानों को आनंद यह ज़रूर बताता था कि होटल की कमाई को डॉल्फ़िन डेवलपमेंट में लगाया जाता है। डेवलपमेंट या विकास शब्द में ही इतनी ताक़त है कि कोई भी इसके मोह-जाल से बच नहीं पाता। विकास के नाम पर सत्तर साल से देश चल रहा है। और पिछले दस सालों से सत्तर सालों के विकास का हिसाब माँगा जा रहा है। इस तरह 'तेरा विकास, मेरा विकास कैसे एक होइ रे' की तर्ज़ पर दुनिया ट्रेडमिल पर दौड़ रही है। और मीटर में देखकर ख़ुश है कि आज वो दस किलोमीटर भाग गई है। ये ख़ुशी इस क़दर तीव्र है कि दुनिया नीचे अपने क़दमों को देखना तक भूल गई है। वो बस विकास की दौड़ लगा रही है। आनंद भी उसी विकास की ट्रेडमिल पर सबको सवार कर चुका था। सरकार के साथ क़दमताल मिलाते हुए गंगा में सफ़ारी शुरू हो गई थी। तो सूँस का विकास तय हो चुका था। आनंद ने कमर कस ली थी, मीडिया उसके साथ था, मछुआरों के ठेकेदार उसके साथ थे, व्यापार उसके साथ था। अब प्रकृति की क्या बिसात थी कि वो उसे और सूँस को बढ़ने से रोक पाए। और जो भी

इस विकास के विरोध में बात कर रहा था वो ठीक उसी तरह राष्ट्रविरोधी था जिस तरह सत्तासीन सेवक की बुराई के बाद कोई राष्ट्रविरोधी हो जाता है।

जंगल काटने से लेकर नदियों के रोकने तक हर काम जनता की भलाई और उनके विकास के लिए होता है। उद्योग से निकलने वाले धुएँ की कालिख आसमान पर इसी विकास की इबारत लिख रही थी। कश्मीर से लेकर कन्याकुमारी तक एक जैसी सपाट सड़कें विकास को गति दे रही थीं। चारों धाम जाना अब मुश्किल नहीं आम हो चला था। ये सब हमारे विकास की कहानी बयान कर रहे थे।

लेकिन हम पहाड़ों को काटकर सड़कें बाँध लें, नदियों को रोककर बाँध बना लें, जंगलों को काटकर खेत बाँध लें, लेकिन तमाम कोशिशों के बावजूद प्रकृति को बाँधने की कोशिश शायद ही कभी सफल हो पाती है। हुआ यूँ कि मॉनसून शुरू होते ही गंगा में पानी बढ़ गया और उस जाल को बहा ले गया जो आनंद ने ठेकेदार साहनी की मदद से बहाव की दिशा में थोड़ी दूरी पर लगाया था ताकि सूँस उसके इलाक़े से दूर न चली जाए। चूँकि सूँस एक संवेदनशील प्राणी है, वह कई बार बहाव की दिशा में जाती और जाल से टकराकर वापस आ जाती। लेकिन गंगा चढ़ने के साथ ही सूँस भी आगे बढ़ गई, यूँ कहिए अब वह आज़ाद थी।

कुछ महीने पहले अपनी नौकरी और सब कुछ गँवा चुका आनंद अपने घर के सामने थमी-थमी सी बहती गंगा के तट पर खड़ा था और जाती हुई सूँस को देख रहा था।

सूँस चली गई थी, लेकिन होटल रिवर डॉल्फ़िन व्यू स्थापित हो चुका था। आनंद का धंधा अब जिम कॉर्बेट और सरिस्का नेशनल पार्क की तर्ज़ पर चल रहा था, जहाँ शेर के पंजे दिखाकर पर्यटक को ऐसे उलझाया जाता है कि शेर दिखने की उम्मीद बरक़रार रहे। साथ में सफ़ारी के लिए ले जाने वाले बोट चालकों के पास पर्यटकों के लिए एक कहानी भी थी जिसका मर्म इतना था कि अगर आप सच्चे दिल से देखोगे तो सूँस ज़रूर दिखेगी।

बाक़ी कॉटेज की सुविधाएँ, सामने उगी सब्ज़ी, पोखर में पलती मछलियाँ और दड़बे में पल रहे ताज़ा देशी मुर्गे किसी को भी प्रकृति की गोद में सुलाने

के लिए काफ़ी थे। सुरभि ने इन्हें लैब में पैदा किए जा रहे मांस से जोड़कर बहस पैदा कर दी थी। कोरोना काल में प्रकृति-प्रदत्त प्रोटीन सबको चाहिए।

इंडियन एक्सप्रेस में एक छोटी-सी ख़बर छपी थी, गंगा और उसकी सहायक नदियों में तीन हज़ार से भी कम डॉल्फ़िन बची हैं। गठिया के लिए तेल और मछली का चारा बनाने के लिए उनका शिकार हो रहा है।

यह सच्ची ख़बर देने वाला पत्रकार झूठा था।

इंस्टाग्राम, ट्विटर, फ़ेसबुक, नमामि गंगे की साइट, प्रोजेक्ट डॉल्फ़िन वेबसाइट सभी जगह सूँस कुलांचे भर रही थी। अब बस सूँस के 'आत्मनिर्भर' बन जाने की घोषणा का इंतज़ार था।